PLAYER SELECT

打GAME闖關玩古文

祁立峰——著

Login 古人世界，
Carry 語文知識，
以遊戲模式解鎖學習新成就！

作者序

活在現代，暢遊古代

之前因緣際會，我在網路上開始寫「讀古文撞到鄉民」這個專欄，也有幸在聯經出版了《讀古文撞到鄉民——走跳江湖欲練神功的國學祕笈》與《國文超驚典——古來聖賢不寂寞，還有神文留下來》這兩本著作。當時有個很意外的體驗是：我撰寫之初，原本設定是給「大人」，這邊是指大學畢業之後，可能三十歲以上，對過去國高中的國文課或國學有基本認識，但又有點不屑不屑的讀者。

因爲我自己本身就是這樣的讀者。小學背課文，國中上國歌歌詞，高中學論語，總覺得哪裡怪怪的，倒也不是說老師講得不對或教得不好。課本選文當然不盡滿意，但也學會了滿多生字單詞與成語，國語課、國文課或語文課，叫什麼都可以，反正就是這樣了。從會寫字，到會看書，然後自己也寫出像書報裡那般優美的文章，差不多就是這樣。

但到了三十幾、四十歲，仔細想一想，雖然課本裡說這些古人都是聖賢、都很偉大，但他們好像也不過爾爾，魯蛇一條，蛇來蛇去。

不過這兩本書出版後我得到很意外的反饋在於：其實更多讀者不是三四十歲的大人，而是高中生，甚至國中生。我看他們在某些網站上寫的書評，說看了《讀古文撞到鄉民》收穫很多啊，用輕鬆的網路口吻以及流行的方式介紹古文，寓教於樂等等。我實在都不知道眞的假的，我在想會不會是爲了要寫給老師看，像我們小時候讀《少年大頭春的生活週記》那樣惡搞瞎搞，還是眞的對少年學子有了一些「啟發」（荼毒）。

總之，跟聯經的陳總經理談過這個發現之後，她建議我要不要寫一個年齡層更低，給十歲到十五歲的少年、青少年補充國學知識與古文能力的讀物。當時我的網路專欄「讀古文撞到鄉民」正好想到沒哏，處於青黃不接的時刻，也正好接了兩個國語日報體系的專欄，一個是《中學生報》的「青春講堂」，另一個是《國語日報》藝文版的「古文不思議」，於是我就想說好吧，看看能否用手遊的概念，來把這些小知識、小啟發的專欄架構起來。

這幾年在教學現場，說實話也看到一些與國文教學、青年學習相關的問題。先說青少年的狀況吧。這幾年台灣很流行「厭世」哲學，這種哲學也不是台灣的專利，南韓說五拋時代（拋房、拋婚、拋子），中國大陸說「躺平」世代。這其實很正常，從小競爭、努力、要贏別人、要贏自己，拚得久了，發現人生不像熱血漫畫的「努力＝勝利」，然後就只好放棄。先拋，再躺，最後是厭世，我就廢，我就爛，在哪裡跌倒在哪裡躺好，不然你還想怎樣呢？

有些家長前輩，經常把「厭世」當成「離世」或「出世」（阿伯初四了），等於是「我活膩了」或「不想活了」這種喪氣話。但其實厭世不代表不熱愛生命，它反而有點像一種了悟。但說實話，對更年輕的學生來說，厭世確實有種不良的影響。「我就這樣好了」，「爛廢也沒關係」，久了之後不只是個體的孤絕厭棄，而是群體的緩慢絕望。

所以本書中，在介紹這些古代故事、人物、激烈的戰役或有趣的裝備之餘，我會用不那麼鄉民或魯蛇的口氣，來鼓勵讀者與同學們。鼓勵其實很有意義，它不是要求你不能厭世，而是提醒你：其實你可以用另一種方式面對，找另一種可能性來過生活。生活中有許多挑戰與競賽，我們不是都要贏，應該說很多挑戰與輸贏無關，只需要轉念一想，只需要借古鑑今，一切就會有所不同。

除了年輕學子的心態之外，國文教育遭到的質疑，我也做了許多思考。現在的學生認爲學習國文沒用，在於他們對文學不夠理解。我們近代對文學的定義，在於以下三個標準：首先，它是一種藝術的語言；其次，它具有獨特的內在創意並搭配外在形式；第三，它具有隱喻性。

我覺得隱喻是學國文最重要的意義。因爲有些人反對國文課的原因，是認爲學生應該學寫作、表達、思辨，並不一定要學什麼文言文或經典文學，但各位可能不知道，「喻」是一切語言的核心。在漢代的筆記小說《說苑》裡面，有個這樣的故事：

客謂梁王曰：「惠子之言事也善譬，王使無譬，則不能言矣。」王曰：「諾。」明日見，謂惠子曰：「願先生言事則直言耳，無譬也。」惠子曰：「今有人於此而不知彈者，曰：『彈之狀何若？』應曰：『彈之狀如彈。』諭乎？」王曰：「未諭也。」「於是更應曰：『彈之狀如弓而以竹為弦。』則知乎？」王曰：「可知矣。」惠子曰：「夫說者固以其所知，諭其所不知，而使人知之。今王曰無譬則不可矣。」王曰：「善。」（劉向《說苑》）

有好事者去找梁惠王，中傷當時的辯士、也是莊子的好朋友惠施。這個食客說，惠施之所以那麼會講話，就是因爲他很善用譬喻，你現在不准他譬喻，他就什麼話都講不出來了。梁惠王說，好，他也想測試看看惠施的本領。

隔天梁惠王見惠施，告訴他，希望你有話直接說，不要拐彎抹角，在那邊譬喻來隱喻去的。惠施就說，好，報告大王，那我跟您講有個東西叫「彈弓」，它長得就像彈弓，大王聽得懂嗎？梁惠王說：「未諭也」。欸，還眞的聽不懂。惠施說，那就對了，我現在告訴您，「彈弓」長得就像弓箭的弓，只是它的絃是用竹子做的，你聽懂了吧？梁惠王說，喔，我懂了。惠施的結論是：「固以其所知，喻其所不知，而使人知之」，這就叫譬喻。

也就是說，只要我們一使用到語言文字來溝通表達時，必然含有隱喻。因此國文課是由文學科系出身的老師來任教。當然，如果你覺得我不想學這些迂腐的文化等等，我也尊重你的看法。只是廣義來說，這一切進步或退步的傳統文化，都是作爲「喻」的功能。我要告訴你一件你不知道的事，就得透過「喻」，而喻的過程就必須使用我們共同的文化語境。因此寫作、表達、閱讀以及人文素養，實則結合在一起，統稱爲「國文科」。

當然，對於國文有意見的意見領袖，他們可能是對背後的意識型態或政治認同有意見。這點我也沒有意見。只是若要換一套文化，我們還需要很長時間的積累，以目前來說，最廣泛通用的文化語境，就是這一套文言與白話組成的資料庫。你可能誤以爲文言文與現實生活無關，但其實我們說的大多數成語，使用的許多譬喻和意象，都可以在古文裡找到源頭。而這些語境積累得越多，就越能幫助同學們進行溝通、表達，積累閱讀素養，展現寫作文章的含金量。

也因此，回應這種厭世的風氣以及國文教學的想像，正是我這本《打

Game闖關玩古文》背後的架構與思維。古文難不難或有沒有用，端看各位怎麼去思考它，但有沒有可能用遊戲的模組，以輕國學的切入，讓更年輕的同學們，也體會到古文與國學的樂趣，這是我經常在思考的。

最後，感謝這本書的編者與繪者，以及聯經出版的同仁，也希望這本書，對不同年齡的讀者朋友，都能有一些收穫。

祁立峰於台中
二〇二二年暮

CHAPTER 3

裝備加值

CHAPTER 4

戰場戰術

CHAPTER 5

歷史知名戰役

CHAPTER 6 成就解鎖

CHAPTER 1

世界觀

我記得小學老師曾經跟我們說過：「各位同學，你們生活在現代，能享受這些進步的生活，都是前人的努力。」現在想想那時候生活也沒多進步，沒手機沒PS5，上網還是用撥接的。不過那時候我就在想，在科技發達又便利的現代生活，眞的比較好嗎？

當然，有電視看，有遊戲玩，這是古人享受不到的。但古代有更多別的好事吧？如果開局抽到普通路人，或窮酸文人，日出而作，日落而息，雖然原始但過著心靈富足的生活，不用放學補習，挑燈夜戰。如果人品爆發，歐洲人氣質，抽到君王、貴族，或平步青雲的文人墨客，那不就更厲害了？現在的暢銷書作家不過就賣個幾萬本，在書展簽個書，以前的大作家可不得了，像蘇東坡的詞人人傳抄，像李白被捧爲皇帝身邊的紅人。

那麼如果是你穿越回去古代，你會想當誰？當皇帝嗎？當英雄嗎？當路見不平拔刀相向的遊俠？還是當仙俠小說裡服食丹藥的隱士？每個角色有每個角色的人設，也有他們的裝備、坐騎。

俠客用寶劍，士兵用連弩，軍師拿羽扇……如果跟著他們的設定，闖關一輪之後解鎖成就，成爲眞正的古人，不是比享受別人發明的現代科技還厲害嗎？

當然，一切都只是幻想。既然活在現代，就讓我們遙想古代生活，玩一場古文的Online Game吧。

CHAPTER

2

角色選擇

君王

能力越強，
責任越大。

01

建功立業，開疆拓宇，一匡天下，留名青史，不在話下。
賢君帶大家開創盛世，昏君禍國殃民生靈塗炭。
選擇君王角色，必須時時聽取別人的建言，
切記解決自己的問題，比解決點出你問題的人好多了。

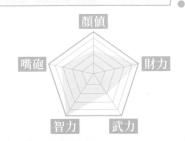

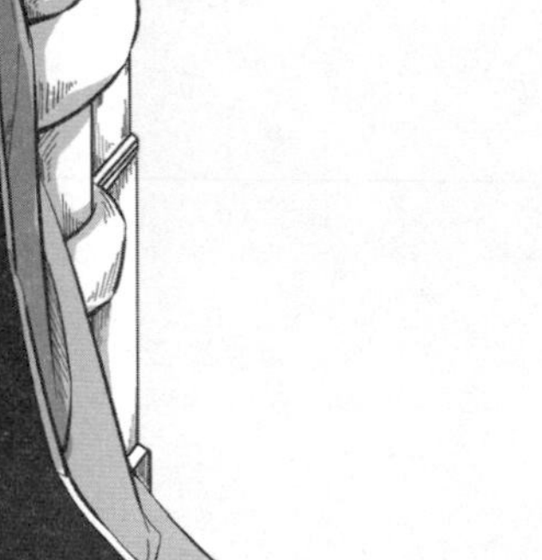

你確定要選君王嗎？不錯喔，正確的選擇。在英雄電影裡，蜘蛛人跟鋼鐵人都說過：「能力越強，責任越大。」歷史上的霸主、明君、英雄、豪傑雖然留下很多豐功偉業，但也有時會做出一些很ㄎㄧㄤ的行爲，所以需要有人時時提醒、諷諫他們。確定要當君主、霸王的各位，也不要忘了時時聽取別人的建言喔。

✦打輸的戰爭能重來嗎？

我們知道現在所讀到的「歷史」，其實往往出於某種「後見之明」。也就是說我們現在讀到的歷史故事，是站在一種全知的上帝視角，進而思考各種事件發生的前因後果。但事實上，在面對人生重大轉折或危難存亡之際，人們難免會失去平常冷靜的判斷力，做出或許不夠明智的決定。從爾後之的角度來看，這些決定可能未必正確，但歷史已經發生了，除非有哆啦A夢的時光機，不然也無法倒回再重來。

雖然歷史不能假設，無法重來，但是文學家卻經常思考著這些歷史故事。於是有一類很特殊的詩歌被創造出來，稱之爲「詠史詩」或「懷古詩」。古代的詩人有時候入戲太深，思考著當時的歷史人物怎麼會做如此抉擇？或如果該發生的事情沒發生，一切會怎麼樣？

三國時代的霸主曹操雖然沒有稱帝，但在當丞相時已經權傾一時，他著名的〈短歌行〉最後說「周公吐哺，天下歸心」，據說周公因爲政事繁忙，吃一頓飯吐出來三次（可不是爲了挑戰大胃王或吃播而催吐），稱之爲「一飯三吐哺」。所以曹丞相想效法周公。讀過歷史我們就知道，周公其實是攝政，算掌握實權了。而曹操要完成最後一塊版圖，就在於收復江東。

然而我們都知道，赤壁之戰打輸了。輸的原因當然很多，輸給氣候、輸給瘟疫，也輸給諸葛村夫的神機妙算。到了晚唐，杜牧寫了一首也同樣著名的詩，寫赤壁之戰的結局：

折戟沉沙鐵未銷，自將磨洗認前朝。東風不與周郎便，銅雀春深鎖二喬。（杜牧〈赤壁〉）

意思是如果當年周瑜沒有在赤壁火燒曹軍，那麼江東兩大美女——大喬與小喬，就會被納入曹操的後宮銅雀臺之中了。

除此之外，杜牧還很喜歡另一個有趣的翻案歷史話題，就是西楚霸王項羽。楚漢相爭，項羽兵敗，最後選擇在烏江自刎，他的理由是自己「無顏見江東父老」。這件事可能大家都很熟悉，原文見於《史記》的〈項羽本紀〉：

項王乃欲東渡烏江。烏江亭長檥船待（亭長靠著船等候項羽），謂項王曰：「江東雖小，地方千里，眾數十萬人，亦足王也。願大王急渡。今獨臣有船，漢軍至，無以渡。」項王笑曰：「天之亡我，我何渡為？且籍與江東子弟八千人渡江而西，今無一人還，縱江東父兄憐而王我，

我何面目見之？縱彼不言，籍獨不愧於心乎？」（司馬遷《史記・項羽本紀》）

大意就是項羽臉皮太薄，因爲帶著八千江東子弟都犧牲了，所以他怕江東父老就算還是同情而繼續跟隨他，自己也沒臉再稱王了。於是將寶馬烏騅贈給烏江亭長，選擇在烏江畔自刎。晚唐詩人杜牧認爲項羽的決定是錯誤的，明明還有機會可以重新一搏：

勝敗兵家事不期，包羞忍恥是男兒。江東子弟多才俊，捲土重來未可知？（杜牧〈題烏江亭〉）

意思是勝負乃兵家常事，如果有機會回到江東重整兵馬，項羽或許還有機會捲土重來、反敗爲勝咧。到了北宋的王安石，又對杜牧這樣的假設做了翻案，站在江東這些士兵的角度，重新思考這個問題，也對杜牧嗆聲：

百戰疲勞壯士哀，中原一敗勢難回。江東子弟今雖在，肯與君王卷土來？（王安石〈疊題烏江亭〉）

意思是項羽的楚軍都已經經歷過無數戰爭，已經輸掉了整個中原了，現在就算兵馬仍夠，還願意追隨項羽嗎？這也有道理啊。畢竟領袖若失去了民心，就很難再有作爲。而這個話題，延續到才女李清照的詩裡，她也有過評論：

生當作人傑，死亦為鬼雄。至今思項羽，不肯過江東。（李清照〈夏日絕句〉）

意思是項羽活著的時候是人中英傑，不幸失敗也要當鬼中雄豪。所以站在同理心的角度思考，項羽應該是不願意回到江東捲土重來的。

我覺得這種種的假設、換位思考，是讀懷古詠史詩非常有趣的地方。但問題是眞的能後悔嗎？考完的試、寫錯的答案，就像懷舊漫畫《灌籃高手》裡沒投進的那顆三分球，其實是沒法重來的。

不過我覺得也正因爲現實不能捲土重來，所以在詩或文學裡就可以。你可以說這些幻想，是古代阿宅的神經發作。但正因爲這種假設，讓我們讀歷史的時候，不會那麼生硬無聊。

✦ 遇到不聽勸的君主怎麼辦？

有時候我們對老師，對學校或對政府的施政有許多不滿意，就會選擇在網路或社群軟體抱怨，如果是匿名的平台，像迪卡（Dcard）這一類的，就更方便了。

當然啦，現代社會表達意見也是常態，只是一來上位者根本聽不到（總統：你可以再大聲一點。還是聽不到，你可以拍桌子！）（然後他被就消失了）；二來太過激烈的言論，除了可能觸犯社維法，反而更容易激起對立。

中國的第一部文學批評專書《文心雕龍》裡，有一篇叫〈諧讔〉，什麼是「諧讔」呢？「諧」就是說笑話，「讔」則有點類似謎語。

爲什麼會有這種諧讔的題材出現呢？因爲古代君主集權，所以食客或縱橫家若有意見要進諫上位者，經常得用這種隱晦又詼諧的模式來表達。〈諧讔〉篇說到兩個故事：「伍舉刺荊王以大鳥，齊客譏薛公以海魚」，這兩個運用隱語勸諫的故事在說什麼呢？

根據《史記．楚世家列傳》，楚莊王在位三年，每天只顧著享樂，不問國政，還下令全國「有敢諫者，死無赦」。伍舉於是不直接進諫，而是跑去問楚王，說自己看到有隻大鳥，三年不飛也不鳴，請問大王這是什麼鳥？楚王也聽懂他的意思，於是回伍舉說，這隻大鳥雖然三年不飛，但一飛將沖天；三年不鳴，但一鳴就會驚人。

這也就是我們現在「一鳴驚人」這句成語的由來。對伍舉來說，因爲沒有直接批評國君，免於殺身之禍；對楚王來說，他也聽懂了伍舉的隱喻，告訴他自己準備要發憤圖強。所以話說得雖然委婉隱晦，但兩人都達到了心意相通的結果，後來楚王也眞的勵精圖治，任用伍舉，全楚國都爲之振奮。

那麼「齊客譏薛公以海魚」是什麼意思呢？原文出自《戰國策》：

靖郭君將城薛，客多以諫者。靖郭君謂謁者曰：「毋為客通（不准任何賓客前來說項的意思）。」齊人有請見者曰：「臣請三言而已，過三言，臣請烹（烹乃是古代刑法之一種）。」靖郭君因見之，客趨進曰：「海

大魚。」因反走。靖郭君曰：「請聞其說。」（劉向《戰國策》）

故事在說靖郭君這個人，他本是齊國的貴族，但準備在薛這個地方築城。築城在當時就表示有點想要劃地爲王、反叛齊國的意思。這件事當然很危險，但靖郭君也告訴他的門客：「不要勸諫我，有人敢勸諫就試試看！」有個齊國食客請見，告訴靖郭君：「我只講三個字，如果多講一個字，就把我殺了吧。」於是成功引起靖郭君的好奇。齊客於是說了「海大魚」三個字，馬上就往外走。靖郭君聽不太懂又覺得有點意思，就請他把話說完整，保證不處罰他。

於是齊客才解釋說，靖郭君你之所以享有威望，就像住在齊國這片海洋裡的大魚。但若在薛地築城就會和齊國翻臉，等於魚離開了海，就算再大也活不下去。靖郭君於是放棄了「城薛」的念頭。

《文心雕龍》的意思是說，「讔語」也是一種重要的文學體類。確實，我們現在文學經常用象徵或隱喻的手法，曲折地表現意涵。所以我一直覺得文學還是很重要，我們不一定要讀文學相關科系，或寫文學作品，但我們平常表達或溝通時，仍必須要運用文學的技巧。

現在很多人以爲有話直說是優點，但其實很多時候人家只是當你沒禮貌而已。反過來說，委婉、隱晦不見得不好，不見得就是假掰，只要用對了時機，反而可以達到意想不到的效果，不是也很好嗎？

✦以地獄哏來諷諫君王？

前一篇我們介紹的是「隱語」，但其實「諧」，就是說笑話，也是很重要的溝通技巧。想不到吧？講講脫口秀，有時候就可以拯救世界。

《史記》裡有一篇〈滑稽列傳〉，但這個「滑稽」跟我們現在笑一個人言行可笑、引人發噱，稍微有點不太一樣。在〈滑稽列傳〉中，司馬遷列了像淳于髡、孟優、東方朔等人，他們都是先秦或漢初的表演者，但因爲得君王寵幸，故能夠以迂迴的方式勸諫君王。

換言之，這些古代的滑稽人物，其實就等於現代批踢踢裡的高級酸民，有時反諷，有時搞笑，或透過遊戲諧擬的方式，達到其效果。

拿孟優來說，他是是楚國的樂師，有次楚莊王的愛馬死了，楚王非常難過，希望要以「大夫禮葬之」。這件事很嚴重，馬畢竟不是人，就好像在現代要找禮儀公司，替自己的愛車辦喪禮一樣荒謬。

於是楚莊王的大臣都爭相勸諫，但楚王說「有敢以馬諫者，罪至死」。再敢多講一句就直接斃掉了啦。這時候孟優去找楚王，仰天大哭，楚王問他怎麼了，孟優說，既是大王你如此愛馬，那麼何必以大夫之禮來葬馬？應該以國君之禮將之風光國葬。孟優還說得很仔細，原文是這樣：

王下令曰：「有敢以馬諫者，罪至死。」優孟聞之，入殿門。仰天大哭。王驚而問其故。優孟曰：「馬者王之所愛也，以楚國堂堂之大，何求不得，而以大夫禮葬之，薄，請以人君禮葬之。」王曰：「何如？」對曰：「臣請以彫玉為棺，文梓為槨，楩楓豫章為題湊，發甲卒為穿壙，老弱負土，齊趙陪位於前，韓魏翼衛其後，廟食太牢，奉以萬戶之邑。諸侯聞之，皆知大王賤人而貴馬也。」王曰：「寡人之過一至此乎！」（司馬遷《史記．滑稽列傳》）

孟優說，先用彫玉、文梓、楩楓豫章這些高級的玉材與木材當作棺，找士兵來伐墓穴，百姓來運廢土，齊國、趙國的貴族陪位於前，韓國、魏國的貴族在後護衛，再將這匹馬祭祀於太廟，跟你的列祖列宗一起祭拜，這樣其他諸侯聽說了，就會知道大王你有多愛這匹馬。這話實在有夠酸，但楚王聽懂了孟優的諷刺，也有肚量沒有森氣氣，他馬上道歉說：「寡人知道錯了。」停止了這不對等的禮制。

一方面來說，在那個君王集權、言論極其不自由的封建時代，似乎一切都由君王定奪，朝臣不得反對。但另一方面，也就是在這樣集權的時代，會有慧黠的人物，透過婉轉曲折的方式，尖酸訕諷，甚至用有點接近地獄哏程度的笑話，希望在幽默之餘，能夠達到諷諫目的。

就像我們前一篇說的，你可能認爲說話不需要拐彎抹角，但其實有話直說不見得能當成溝通的意思。當然，有時候有話可以直說，可以發文酸，但還是不要太白目，這就是讀文言文教我們的說話與表達的藝術，是不是很微妙呢？

✦想當霸王得先舉鼎？甘阿捏？

前面我們講到西楚霸王項羽，年少時曾有另一個著名的事蹟，就是他曾經舉過鼎。各位知道舉鼎舉重這個運動，其實由來已久。像那個「一飛沖天」與「一鳴驚人」的楚莊王，後來發憤圖強了，楚國也因此國力大盛。但國家強盛了，楚莊王卻越來越囂張，甚至逾越了諸侯與周天子的分際。根據《史記》記載，楚莊王在位第八年，楚國出兵征討異族陸渾戎，途經周天子的封地雒邑。

> 八年，伐陸渾戎，遂至洛，觀兵於周郊。周定王使王孫滿勞楚王。楚王問鼎小大輕重，對曰：「在德不在鼎。」王孫滿曰：「嗚呼！君王其忘之乎？昔虞夏之盛，遠方皆至，貢金九牧，鑄鼎象物，百物而為之備，使民知神姦。桀有亂德，鼎遷於殷，載祀六百。殷紂暴虐，鼎遷於周。……周德雖衰，天命未改。鼎之輕重，未可問也。」楚王乃歸。（司馬遷《史記・楚世家》）

當時周定王派他的王孫滿出來勞軍。原文說，楚王問鼎小大輕重，（王孫滿）對曰：「在德不在鼎。」這是什麼意思呢？王孫滿接著跟楚王解釋：相傳當年大禹治水之後，鑄造了九個鼎，象徵天下九州，後來夏桀殘暴，鼎遷到了商，商紂無道，鼎又被移到了周。但王孫滿告訴楚王，現在周朝的德行雖然已經衰敗了，但其實天命還沒有更改。鼎之輕重啊，不是你這種諸侯王可以隨便問的喔。

其實楚莊王表面看起來是在問九鼎有多大多重，他想來給它舉舉看，但楚王的意思就是說，可以把這九鼎搬回到咱們楚國啦，由楚來統治天下。而周王孫的回應也很睿智，爲什麼九鼎會從夏到商，再從商被移到周。重點不是鼎放在哪裡，而是君王的德行啊。

這個故事告訴我們一個道理就是：以力服人，只會讓人心生畏懼；但能以德服人，才算得上是眞英雄。這也就是古代君王與國家服膺的道統。因爲很多人都會疑惑，明明說要遵守「君君臣臣」的分際，但商伐桀，武王伐紂，不就是臣子討伐君王嗎？但當一個君王失去了德行，他就不再配爲一個君主。這也就是我們說的「德不配位」。當這種狀況發生時，也就是九鼎可以轉移的時候了。

不過從這件事也可以看出來，「問鼎」或「舉鼎」都與奪天下、爭帝位有著密切關係。這也就是「問鼎中原」的由來。

又過了三百年，來到戰國時代，秦國舉辦了一次舉鼎大賽。當時在位的秦武王還親自參賽，但結果實在慘。根據《史記》的記載：「秦武王與孟說舉龍文赤鼎，絕臏而死。」「絕臏」就是腿斷了，然後秦武王就這樣死掉了。各位小朋友記得千萬不要模仿。只能說量力而爲非常重要，對自己極限不了解的人，是沒有資格逞一時威風的。

歷史上最知名的「舉鼎霸王」，則是楚漢相爭時的西楚霸王項羽。《史記》作者司馬遷頗推崇項羽的霸氣，所以將他列在「本紀」，以君王的規格記錄他的身世。不過《史記》沒記載項羽舉的鼎到底有多重，只留下一句「力能扛鼎」的紀錄。我可以給各位一個參考的對照，我們臺北故宮裡的毛公鼎，重「三十四點七公斤」。雖然不是完全舉不起來，但也是相當重了。更何況當時比毛公鼎更大的鼎應該比比皆是。姑且不論項羽是哪個量級的舉鼎選手，總之比我們一般人力氣大就是了。

當然，在我們之前的文章也介紹過，楚霸王項羽稱王的野心，最終還是失敗了，敗給了武力跟軍勢都比不上他的劉邦。我在想司馬遷的記載裡，多少有點褒貶在其中。項羽雖然霸氣十足，最後不願渡烏江，還說出「天之亡我」而非戰之罪這句名言。但明明是自己殺伐不決，在鴻門宴縱放劉邦導致後患。尿遁的劉邦算不上什麼眞英雄，但項羽也不過是逞英雄。

項羽的故事也提醒我們：眞正的英雄、明君，不會有勇無謀或暴虎馮河，而會聽信別人的勸諫。眞正的英雄也貴在自知，因爲對自己的實力有澈底的認知，才不至於做出超乎自己能力的舉動。霸王是一時的，稱霸讓人心生畏懼，能帶來長治久安的英雄，才能永久被傳頌。

✦皇上，你東西放好不要亂丟

古代是君主集權制度，皇帝通常有至高無上的權力，所以就算做錯事，敢直言進諫的大臣也不多。但我們知道每個人的資質都不同，且就算是一代賢君聖王，也難免有做錯事、下錯判斷，或因爲外在環境而失誤的可能。這裡想跟各位介紹的就是先秦時代兩位弄掉東西的君王。第一位是齊桓公，根據《韓非子》的記載，他曾經因爲喝酒把帽子弄丟了：

齊桓公飲酒醉，遺（弄丟的意思）其冠，恥之，三日不朝。管仲曰：「此有國之恥也，公胡其不雪之以政？」公曰：「胡其善。」因發倉囷賜貧窮；論囹圄出薄罪[1]。處三日而民歌之曰：「公胡不復遺其冠！」（韓非《韓非子・難二》）

堂堂一國之君，連帽子都搞丟，齊桓公當然覺得很丟臉，爲此他三天不治理朝政。他的賢臣管仲勸他，既然國君把東西弄丟是國恥，您何不在國政上雪恥？於是齊桓公就發放糧食給窮人，特赦一些輕罪的百姓。百姓都感受到桓公的德政，於是做了一首歌，唱著：桓公啊桓公，您怎麼不再丟一次帽子呢？

另外一位弄丟東西的迷糊精是楚昭王，但他不是不小心弄丟，而是在戰場上輸得太慘，逃跑時弄丟的：

1 這兩句是說：開糧倉以救濟窮人，赦免犯輕罪的囚犯。

昔楚昭王與吳人戰，楚軍敗，昭王走，屨決眥（指鞋繩斷裂）而行失之。行三十步復旋取屨。及至於隋，左右問曰：「王何曾惜一踦屨乎？」昭王曰：「楚國雖貧，豈愛一踦屨哉？思與偕反也。」自是之後，楚國之俗無相棄者。（陸賈《新語．諭誠》）

楚昭王與吳國戰爭，楚國打輸了，他急著撤退，鞋帶裂開，鞋子掉在半路上（可見逃跑得有夠狼狽）。沒想到他跑了三十步，又掉頭回去撿鞋子。左右問他說，大王，逃命都來不及了，你還捨不得鞋鞋啊？昭王說，我們楚國雖然很窮，這鞋也不是名牌，沒有捨不得啦，只是想把它帶回楚國去。這也表現出楚國人惜物愛物的精神，從此之後，楚國就不隨便丟東西了。

這兩則故事當然不是告訴我們，君王也會丟三落四，所以各位同學上課不帶課本或球鞋都沒關係喔。在齊桓公的故事裡，提醒我們不要糾結於小小的失誤與挫敗。因爲怕被笑話，齊桓公三日不朝，但若他拿這三日來行德政，百姓便完全忘記他的這件糗事，只記得他做過的好事。楚昭王逃難時鞋子掉了還回去撿，表現出他愛惜物品的好習慣。楚昭王大約是春秋末期的君主，到了戰國，楚國位於南蠻之地，卻能躍升到歷史舞台，成爲戰國七雄之一，跟他們這幾代君主勵精圖治、發憤圖強有很密切的關係。

我們小時候難免忘東忘西，忘了帶體育服或彩色筆之類的，尤其小學有各種奇怪規定一堆，但我覺得重點不在於不犯錯，不失誤，而是每次犯錯都能記取教訓，有所改進，並且接受別人的建言，解決自己的問題，比解決點出你問題的人好多了。

貴族

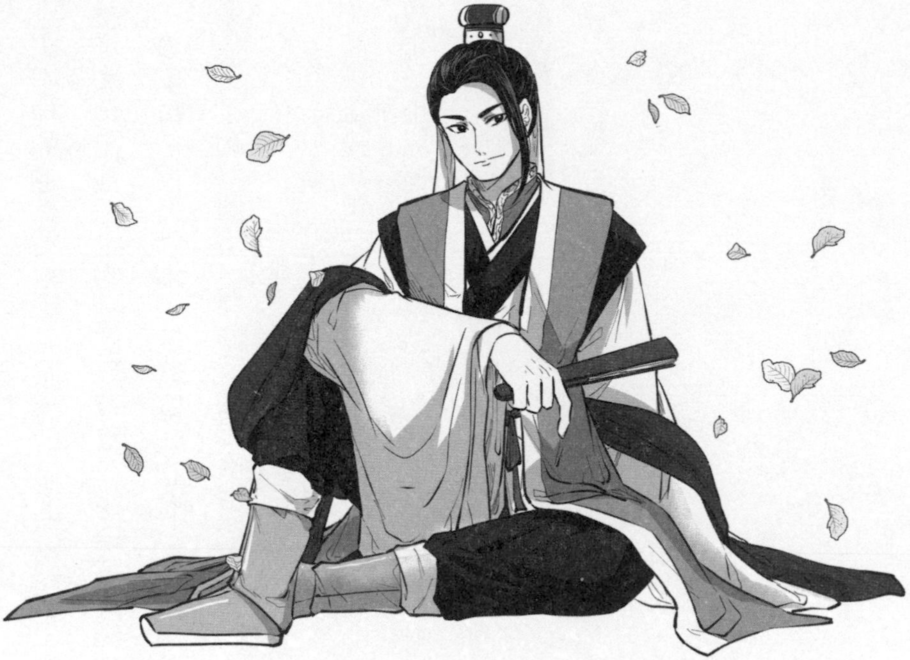

哥有錢有權就是任性，
歐氣爆發，首抽就是天選之人。

02

君王之下，萬人之上。
出生就是勝利組的溫拿（Winner）。
不過生活在雲端，經常不懂得體恤民間疾苦。

貴族聽起來很神聖，與庶民文人比起來尊爵不凡。但其實在古代當貴族不容易，一來貴族通常是世襲制，也就是你要帶著家族的榮耀活下去。再來貴族之所以爲貴族，就是跟統治者很接近，所謂伴君如伴虎，一不小心就可能得罪君王而GG。所以確定要當貴族嗎？

✦曲高和寡：最嘴砲沒有之一的貴族參戰

我們現在經常講「曲高和寡」這個成語，表示某人或某事（某個展覽或電影）程度太高，一般的庶民難以雅俗共賞。但這個成語其實來自於先秦時，楚國的言語侍從宋玉的某場類似脫口秀的表演。

「言語侍從」這個官職，現在聽起來好像是那種幫君王打雜、取悅君王的小太監，確實功能性差不多，但，要知道在古代君主集權的時代，誰離君王越近，誰的權力也就越大。

楚襄王時期，宋玉就是他的言語侍從。但宋玉這咖因爲人帥又恃才傲物，經常得罪人，也就常遭到中傷。我們有句成語叫做「憂讒畏譏」，這也是古代才子或貴族經常遭遇的狀況。

「襄王問於宋玉曰：『先生其有遺行與？何士民衆庶不譽之甚也？』」楚襄王聽到太多關於宋玉行爲不檢點的傳聞，於是找宋玉來確認，問他爲什麼貴族百姓都在幹譙你咧？宋玉很驕傲地說：「沒錯，我確實有問題。」問題在哪裡咧？在於自己能力太強，大多數人沒法接受。這要怎麼說呢？原文是這樣寫的：

宋玉對曰：「唯，然，有之！願大王寬其罪，使得畢其辭。客有歌於郢中者，其始曰下里巴人，國中屬而和者數千人。其為陽阿薤露，國中屬而和者數百人。其為陽春白雪，國中有屬而和者，不過數十人。引商刻羽，雜以流徵，國中屬而和者，不過數人而已。是其曲彌高，其和彌寡。」（宋玉〈對楚王問〉）

宋玉就從唱歌當作例子：有個歌者跑來郢都（楚國的都城），一開始唱的是「下里巴人」之歌，也就是俗語、流行歌，全楚國能跟著和的有數千人（小巨蛋集體歡唱的概念？）接著他唱稍微有點難度的「陽阿薤露」，能跟著唱的剩下數百人；接著唱「陽春白雪」，是當時的雅樂，能唱的只剩下數十人。最後這個歌手將原本的商音、羽音變奏來唱（難度猶如海豚音），能夠繼續和的只剩下幾個人，這就是所謂的「曲高和寡」。

扯淡了老半天，宋玉的結論就是：因爲自己太有才華，與整個世界格格不入。後來我們都用「下里巴人」形容俚俗的品味，用「陽春白雪」形容高雅，也就是典出於此。

當然，這段對話可能有表演性，且宋玉似乎有點自信心爆棚，沒有自我檢討反省。不過這段〈對楚王問〉很有可能是表演，在宋玉的另外一篇名篇〈登徒子好色賦〉裡，同樣的情節又演出了一次。

宋玉因爲侍才傲物，經常受到小人的中傷，但他也都一一反駁了。我其實覺得這種人格特質也還不錯。不是鼓勵各位要當一個容易被討厭的人，但也不能只是想著鄉愿而討所有人喜歡。

宋玉爲我們示範了「被討厭的勇氣」。有時候你被別人攻擊，或與團體的意見想法不一致，不一定全是自己的問題。有時可能就像宋玉說的，那是因爲你「曲高和寡」，堅持初衷。當然啦，人生在世，耳朵還是不能太硬，你想要被全世界排擠，還是排擠全世界呢？（請問結果有差嗎？）有時候被討厭的勇氣、或「雖千萬人吾往矣」的精神，也沒那麼容易啊。

✦另一個美男貴族潘安

我們現在說起美男子，常常拿宋玉、潘安來並舉。宋玉的帥通常是根據〈登徒子好色賦〉。這篇賦在說宋玉因爲人帥口才又好，被登徒子中傷，要求楚王罰他不准出入後宮。所以說「言語侍從」某種程度真的跟太監有像，基本上就是沒有淨過身的太監。

到了魏晉時代的美男子潘岳（字安仁），那完全是另外一種範兒。根據《世說新語》的〈容止篇〉記載：

潘岳妙有姿容，好神情。少時挾彈出洛陽道，婦人遇者，莫不連手共縈之。左太沖絕醜，亦復笑岳遊遨。於是羣嫗齊共亂唾之，委頓而返。

（劉義慶《世說新語．容止》）

你各位看「容止」這個篇名，可能會想說這到底都在寫什麼？我只能說小朋友不要學，都在寫一些外貌歧視，推崇自家人好帥帥、別家人好醜醜的筆記。你說這真的OK嗎？但六朝士人貴族非常重視儀態，只能說這就是他們的日常。

而「擲果盈車」這件事是這樣來的，說潘岳翩翩美男一枚，年少時拿著彈弓走在洛陽大道上，一堆妹紙（古代的婦人，沒有特定指年齡喔）纏著他，還手拉手圍住他（請問這是什麼番號？）當時有另外一位「絕醜」的左太沖（就是寫〈三都賦〉的那位左思）也想效仿他，結果惹到地表最強歐巴桑們，群起吐他口水，只能說可憐啊。

而在此段的注下還有另一段：「安仁至美，每行，老嫗以果擲之，滿車。張孟陽至醜，每行，小兒以瓦石投之，亦滿車」，就是說潘岳駕車出遊，師奶就會拿水果扔他（都不用花錢買水果的帥勾）。但張孟陽想效法，結果小朋友拿石頭砸他。拿石頭隨便砸路人，這基本上已經是犯法的行爲了，請各位不要亂學。總之古代貴族雖然高級，但尤其在六朝那種重視美姿美容的時代，又沒有整形技術，如果沒機會降生成美男，過得也未必多愉快就是了。

聖人

一開口就準備講X話，
哥是聖人你敢嘴？
讀聖賢書，所學何事？

03

有時候文人在後代被極高度推崇或造神之後，
就可能轉職成聖人。
爲天地立心，爲生民立命，爲萬世開太平。
不過更多時候，聖人通常還沒完成自己的大業就 GG 了。

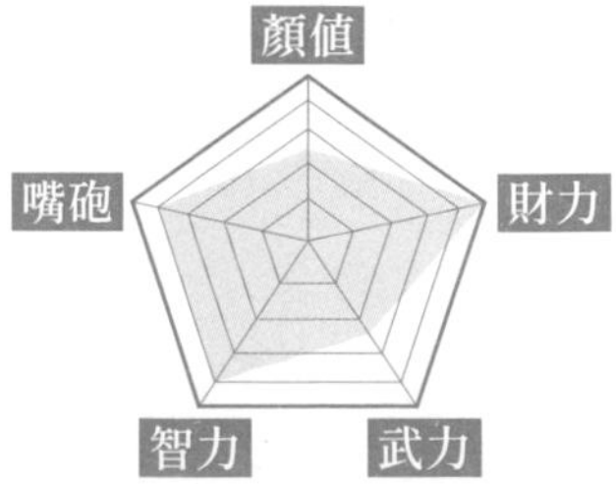

等等不會吧？你確定要選聖人嗎？還有，聖人想當就能當嗎？說實話，在太平盛世不容易出現聖人，而在亂世要成爲聖人，其實也很不容易啊。就拿我們最知名的「至聖先師」孔子來說吧，孔子也不是一開始就是聖人，他經歷過陳蔡絕糧，經歷過喪家之犬，還在路上被黑粉們攻擊。但因爲這些不是一般人會遭遇的慘事，孔子爲了理想而都一一克服了。我們現在常說一句話，叫做「聖人也是人」。但聖人就是在非常的時期，比一般人更堅持、更執著一點的人。所以先成爲一個善良的人，你就離聖人更進一步了。

✦ 一孔子是天生的聖人嗎？

孔子在後世的地位很高，這點毋庸置疑。我們往後都稱孔子爲「素王」，意思是卽便他沒有當過皇帝，但其德行可以跟君王駕肩了。但我們仔細了解孔子的身世，就知道在春秋時代，要當聖人可眞不容易啊。

學界對孔子的身世有些資料還不是很確切。我們現在一般認爲孔子的父親叔梁紇是宋國貴族，也就是商朝的後裔。只是叔梁紇在宋國亂時逃難到魯國，以花甲之齡與小妾顏氏生下了孔子。

由於周代特殊的嫡長子制度，讓孔子成爲所謂沒落貴族的更後代，這群人在當時被稱爲「士」。「士」是周代封建制度非常特殊的階級，他們既無封地也無恆產，即便受過貴族教育卻無發揮的空間，差不多就像我們現在失衡的高教體系，造就許多學者在民間授課，孔子基本上也循此路線，大約三十歲前後開始了他的民間學堂事業。這時候大約是西元前五一〇年。

✦民間學堂創辦人

該說是靈活有頭腦還是發現新藍海？當時這種線上課程或民間學堂還不多見。大約一百五十年後，西元前三七四年，齊國搞了一個更大型的民間講堂，稱爲「稷下論壇」。當時重要的思想家都在那邊開課，差不多就像現在的粉專，時時有人爆紅，也時時有人被網軍出征。

最著名的就是田巴與魯仲連的辯論。田巴大罵古人都廢物，直播流量瞬間破千，當時才十三歲的魯仲連專程開車去齊國打臉他，說，事有輕重緩急，所謂「白刃交前，不救流矢」，「今楚軍南陽，趙伐高唐，燕人十萬，聊城不去」，「國亡在旦暮耳，先生將奈何？」田巴說，關我啥事？結果當場被噓下台，刪粉專關頻道，從此不當名人了。

✦政壇小白兔孔子的巔峰：頰谷之會

西元前四九九年，孔子終於當上魯國的大司寇，這是他政治地位的高峰。他誅殺少正卯，在頰谷之會不畏齊國打壓，伸張了魯國價值。但不過短短三年，西元前四九六年，孔子政壇失利，被迫離開魯國，開始他的周遊列國之旅。

經歷過陳蔡絕糧、匡城被圍，也經歷過衛國見南子遭受責難之後，終於來到鄭國，孔子落單了，站在城門口，望著茫茫人流，悵然若失。你說孔子也會有這麼落魄的時候嗎？這段可不是我瞎掰的，根據《史記》的〈孔子世家〉：

> 孔子適鄭，與弟子相失，孔子獨立郭東門。鄭人或謂子貢曰：「東門有人，其顙似堯，其項類皋陶，其肩類子產，然自要以下不及禹三寸。纍纍若喪家之狗。」子貢以實告孔子。孔子欣然笑曰：「形狀，末也。而謂似喪家之狗，然哉！然哉！」（司馬遷《史記．孔子世家》）

有個鄭國人看到孔子，跑去找子貢說，我見到一個聖人模樣的人在東門站，臉頰長得像堯，脖子像皋陶，肩膀像子產，卻「累累若喪家之狗」，是你們家老師嗎？子貢把這件事告訴老師，孔子很開心地笑了。「說我像聖人外表，過譽了啊。不過說我是喪家之犬，那是一點也沒錯。」

隨後子路追隨失散的孔子，向路邊阿伯問路，問了一句：「你有沒有看到我們家老師？」沒想到黑粉阿伯打臉：「四體不勤，五穀不分，這種人也能當老師嗎？笑死。」師徒會合之後，孔子派子路去找路，遇到正在種田的長沮與桀溺，兩位更嘲諷滿點：「開車的不就是超有地位的孔丘？他之前不是很秋。」不是啦，原文是這樣說：

長沮、桀溺耦而耕，孔子以為隱者，使子路問津焉。長沮曰：「彼執輿者為誰？」子路曰：「為孔丘。」曰：「是魯孔丘與？」曰：「然。」曰：「是知津矣。」（司馬遷《史記．孔子世家》）

「是知津者」的意思就是，你們家老師就是知道路的人啊，怎麼還跑來問我？長沮、桀溺說這話的時候，全程沒有停下耕種，此謂「耰而不輟」。子路問路回來有點沮喪，報告老師說，遇到兩位鄉民嘴您老人家，沒法與他們好好溝通。

孔子在這時說了一段很著名的話——「鳥獸不可與同群。天下有道，丘不與易也。」如果天下有道，我也不用那麼辛苦了。

從這些片段我們似乎可以發現，孔子雖然時常談禮教，但從他的言行，有時他談的禮教好像也不如我們想像，他也罵人，也跟路人鄉民互嘴，只是他有一些堅持，是我們做不到的。但我覺得這就是一個眞正的思想家，一個聖人的形象。無論什麼時代，我們拿出他的經典故事來讀，好像都可以給我們一些不同的啟發。

美人

紅顏禍水？要確定耶！

傾國傾城、沉魚落雁……這些算稱讚嗎？

04

雲鬢花顏金步搖，回眸一笑百媚生。
雖然在古代男尊女卑的社會沒有實際權力，
但經常被歷史污名化，成爲禍國殃民的代罪羔羊。

所謂人生短短幾個秋，自古英雄配美人，好像古代文學與歷史裡總有美人的位置。不過一方面來說，歷史上美人的故事總是比較淒慘，所謂紅顏薄命也就是這個意思。另一方面來說，古文裡的「美人」又往往有隱喻。通常是作者的自我投射，有時候也被作者拿來比喻君王。像李白的詩「美人如花隔雲端」，指君王在雲裡霧裡，難以接近啊。所以美人的故事雖然多，但也不能全然當成眞正的美人看待。準備好啟程當個天妒娥眉、紅顏遭嫉的美人了嗎？

✦昭君水水，你在怨什麼？

大家可能都聽過王昭君的故事：漢元帝後宮衆多，只能按圖臨幸，於是宮女都花錢賄賂畫工替自己修圖，但王嬙不願意於是被畫醜。直到名籍已定要嫁與匈奴當單于夫人之時，元帝才發現她貌爲後宮第一，但重信於外國，只好將畫工都殺了解氣：

元帝后宮既多，不得常見，乃使畫工圖形，案圖召幸之。諸宮人皆賂畫工，多者十萬，少者亦不減五萬。獨王嬙不肯，遂不得見。匈奴入朝，求美人為閼氏。於是上案圖，以昭君行。及去，召見，貌為後宮第一，善應付，舉止優雅。帝悔之，而名籍已定。帝重信於外國，故不復更人。乃窮案其事，畫工皆棄市，籍其家，資皆鉅萬。（葛洪《西京雜記》）

但仔細想想，這整個故事其實滿多BUG的。最奇怪的是後宮都在搞「照騙」，花個五萬十萬開美肌模式狂修圖，「諸宮人皆賂畫工」，但元帝如果看「照騙」就發現跟本人差很大，應該召見幾次後宮就發現了啊？還會讓這些畫工收賄賂收到「家財萬貫」嗎？還會等到王嬙去匈奴和親才氣噗噗？

總之呢，這個故事很有戲劇性，於是成爲了日後文人懷才不遇的投射。你想就知道了，文人作家只要抑鬱不得志，就覺得是被小人所陷害，就很像原本是個美人，結果被畫工給畫醜。

所以現實歷史的王昭君到底有沒有怨，我們眞的不確定；但後來的文人經常從自己的角度與觀點，將昭君聯想成一個懷才不遇的美人，認爲王昭君應該充滿怨恨，於是有「明妃怨」這樣的樂府詩題。杜甫〈詠懷古跡〉五首之三後半這樣寫：

畫圖省識春風面？環佩空歸夜月魂。千載琵琶作胡語，分明怨恨曲中論。（杜甫〈詠懷古跡〉）

結論就是千年以來昭君的琵琶只得於胡地流傳，但在琵琶曲裡可以分明怨恨之聲。而白居易〈詠昭君〉切入點也很妙：

滿面胡沙滿鬢風，眉銷殘黛臉銷紅。愁苦辛懃憔悴盡，如今卻似畫圖中。（白居易〈詠昭君〉）

意思就是昭君到了胡地，在大漠風沙的生活艱苦，如今她的如花美顏已經不再了，應該跟當初被醜化的畫像差不多了。

但我覺得問題是——昭君眞的有怨嗎？畢竟在漢朝她是被漢元帝冷落的嬪妃，就算長留漢宮，也終將成白頭宮女。但嫁給了匈奴單于，至少能得到一段愛情，所以後來也有文人替她翻案。譬如王安石寫「漢恩自淺胡恩深，人生樂在相知心」；王睿則寫「莫怨工人醜畫身，莫嫌明主遣和親。當時若不嫁胡虜，只是宮中一舞人。」意思都很像，既然昭君與漢朝的緣份淺，跟匈奴的緣份深，那麼人生貴在得到眞心相知相惜的人，其實嫁去匈奴又有何妨呢？如果一直留在漢宮，最後也只是一個普通的舞姬罷了。

當然，到了宋元之後，所謂異族與漢族的關係更為緊張，所以士人也會面臨到這種不同民族之間的選擇。而身處這樣的時代，有些文人就會將王昭君的故事更作衍繹，與國家民族大義扯上關係，譬如說南宋詩人于石這首〈讀明妃引〉：

周求莘女終亡紂，越獻西施竟滅吳。馬上琵琶徒自恨，不思強漢弱匈奴。（于石〈讀明妃引〉）

因爲南宋受到蒙古與金的威脅，于石的詩有責怪昭君，說她只想到自己的怨恨，沒有想到自己就算被嫁給了匈奴，應該還是要爲自己的國家盡忠，想想如何「強漢弱匈奴」。當然，拿這種國家大義來要求王昭君，可能也太爲難她了。

我覺得王昭君故事給我的啟發在於：其實幸不幸福是由自己掌握的。畫工從利益的觀點，將王昭君給畫醜；而文人從自己的觀點，認爲王昭君懷才不遇，但其實對王昭君來說，她根本不在乎畫工對自己的評價，只相信自己的才華。所以當一個自信的人，尊敬別人對自己的看法，聽取別人善良的建議，但也不用活在別人的目光之中，一味去追求別人眼中的價值，這樣才是眞正的幸福。

✦不存在的美女：貂蟬

鏘鏘鏘，說到四大美女之一的貂蟬，她可以說是最謎因，不是啦，是最迷的存在。因爲《三國演義》裡她的戲分頗重要，王允使出美人計，讓董卓與呂布這對義父義子反目，就是靠貂蟬。

但各位知道嗎？貂蟬這人根本不存在正史中，完全是後來穿鑿附會出現的一位神祕人物。從故事緊張刺激程度來看，美人計或董卓、呂布、貂蟬的三角戀，可能是爲了做效果，在正史中唯一與色色有關的記載，只有呂布與董卓的一個婢女有染：

> 呂布字奉先，五原郡九原人也。以驍武給并州。布便弓馬，膂力過人，號為飛將……然卓性剛而褊，忿不思難，嘗小失意，拔手戟擲布。布拳捷避之，為卓顧謝，卓意亦解。由是陰怨卓。卓常使布守中閤，布與卓侍婢私通，恐事發覺，心不自安。（陳壽《三國志‧呂布傳》）

前面大概就是說呂布驍勇善戰啊、臂力驚人，所以號爲飛將軍（自從李廣之後，名將經常都是這個外號）。但董卓這個肥宅（他是眞的很胖不用懷疑）性格偏狹，常常拿武器射呂布（這對父子也玩得太激烈了吧？根本已經是家暴了），於是呂布自幼對董卓懷恨在心。藉著職務之便，呂布與董卓的侍婢私通，卻又怕這件事被義父察覺，因此良心開始不安。

故事結束！等等，貂蟬在哪？美人計在哪？王允獻的七星寶刀在哪？都是後來《演義》掰出來的啦。不過後來司徒王允確實挑撥了呂布與其義父之間的關係，但這在政壇也很常見，我們現在都說呂布是所謂的「三姓家奴」，但其實就像現代政治人物經常換黨參選似的，似乎也沒啥大不了（逼逼……有人要被查水表了）。

先是，司徒王允以布州里壯健，厚接納之。後布詣允，陳卓幾見殺狀。時允與僕射士孫瑞密謀誅卓，是以告布使為內應。布曰：「柰如父子

何！」允曰：「君自姓呂，本非骨肉。今憂死不暇，何謂父子？」（陳壽《三國志．呂布傳》）

這段在說王允看中呂布的武力希望將之收編麾下，呂布告訴王允董卓對他的劣行劣狀，於是王允密謀讓呂布做他內應。呂布說我與董卓畢竟是父子，但王允說你可是姓呂耶，不是董爸爸親生，現在還快被他家暴搞死，有必要繼續把這咖當作父親嗎？

於是當十八路諸侯攻進洛陽，呂布也反了，在董卓逃回塢郿之前，把董卓用槍射下馬，「手刃刺卓」。恩，好像真的沒有貂蟬的戲分，大家可以回家啦。

不過有時候真實的正史也只是歷史，我們讀歷史故事，三虛七實，往往虛的那些部分更有趣更動人，所以是不是真的有呂布與貂蟬這段愛情故事，以及武力一百的英雄愛美人的形象？這本身就也沒那麼重要了。

✦西施捧心，真的假的？

相較於貂蟬的真實度，西施就比較可考了。大家學歷史可能都聽過臥薪嘗膽的越王勾踐，而根據《吳越春秋》，勾踐復國大業裡頭，就包含了美人計：

（勾踐）乃使相者國中得苧蘿山鬻薪之女，曰西施、鄭旦。飾以羅縠，教以容步，習於土城，臨於都巷。三年學服而獻於吳。（趙曄《吳越春秋》）

兩大美女被送來吳國，全國上下當然都很high。想想看橋本環奈加新垣結衣送來臺灣，我們阿宅還不暴動噪起來？這其中最興奮的莫過於吳王夫差了（夫差：我好興奮啊）。這時有個有見識的大臣跳出來解high，就是後來GG的大夫伍子胥，聽說吳越一帶的端午節就是在紀念他，跟楚國紀念屈原不一樣，不過那又是另外一個故事了：

> 子胥諫曰：「不可，王勿受也。臣聞五色令人目盲，五音令人耳聾。昔桀易湯而滅，紂易文王而亡，大王受之，後必有殃。……臣聞賢士國之寶，美女國之咎：夏亡以妹喜，殷亡以妲己，周亡以褒姒。」吳王不聽，遂受其女。（趙曄《吳越春秋》）

「五色令人目盲，五音令人耳聾」這兩句出自老子《道德經》，但與原本的脈絡其實不太一樣。總之伍子胥說西施被獻過來，就像夏朝的妹喜，殷商的妲己，和周朝的褒姒。這其實也就是著名的紅顏禍水說，我知道講到這個女生可能會氣噗噗，畢竟好色縱慾通常是男人，怪罪給美女實在是牽拖。總之吳王沒有聽，結果大家都知道了，越王勾踐復國成功。這也就是最典型的美人計使用方法。

因爲西施是春秋時代美人，所以後來許多寓言都用她當成案例，譬如著名的「西施捧心」，這故事出自《莊子》，其實原本的典故沒有東施這號人物，又是後來人掰出來的。

西施病心而矉其里，其里之醜人見而美之，歸亦捧心而矉其里。其里之富人見之，堅閉門而不出；貧人見之，挈妻子而去之走。彼知矉美而不知矉之所以美。（莊周《莊子．天運》）

「矉」就是皺眉的意思。西施心臟不好而皺眉，隔壁醜人也效仿他。沒想到富人看了趕快把鐵門關上，窮人看了帶著老婆小孩逃出這個里（是有殭屍喔？太呱張（誇張））。莊子要說的倒不是雙標，只是美的標準是跟隨不同定義而變動的。所以也不用羨慕或嚮往成爲歷史上什麼美人，做自己更自在的咻。

文人

臣本布衣，有官當我就扛。
人生識字憂患始，
百無用處是書生？想引戰嗎？

05

歷朝歷代最多的物種。
留下最多詩文的也就是這群人。
酸腐、腐儒、迂儒，一堆負面評語，
但通常也有經世濟民的宏大志向。

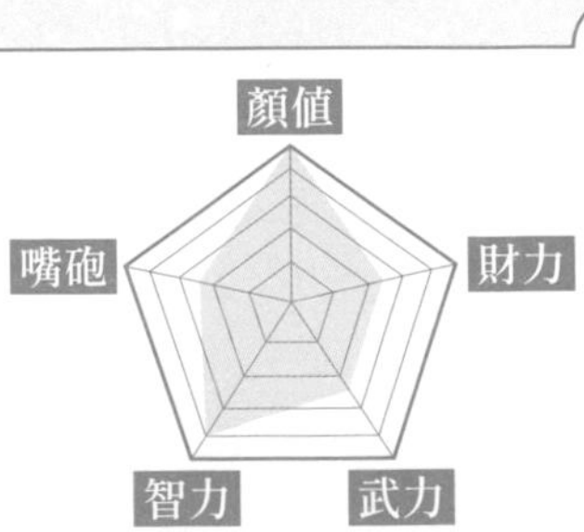

文人是古代留下最多作品的人（廢話，因爲就他們最愛酸啊）。凡是被貶了就寫一篇抱怨文，升官了寫一篇感謝文，跟朋友相聚宴飲寫一首公讌詩，跟朋友分開寫一首贈別詩。再加上情詩，感嘆時事詩……因爲幾千年來那麼多文人，所以我們現在課本要學那麼多廢文，不，我是說優文。這其實也不奇怪，各位想想你現在臉書、IG、限動，一天發幾篇？以前文人還沒有別的事可做，當然就只能一直寫各種幹譙文、引戰文。所以，選擇文人角色，故事絕對說不完。

✦ 媽，我又被貶了！

現在是網路社群的時代，各種意見在網路上被分享、傳播。可能是隔了一層螢幕的保護，網友們特別容易起爭執，一言不合就引戰開砲。古代好像比較少這麼明著找人吵架、漫罵的作品留存下來。

倒不是說古人的生活裡都沒有負能量，但我們知道：文學作品的源頭通常追溯到《詩經》，而《詩經》一言以蔽之，曰「思無邪」，意思是沒有偏邪的思想。而《詩經》建立起的文學傳統，也就是「溫柔敦厚」，所以古代的詩人墨客，即便有一些負面的想法，也不會像我們現在網路酸民這般直接對罵互嗆。

好，那問題來了。面對這些生活裡必然的負能量，古人又如何排遣呢？中學國文都會讀到的「古文八大家」就是一個例子，每一課的題解都告訴我們，這在寫歐陽修被貶、蘇東坡被貶、柳宗元被貶，好像國文課本可以濃縮成一句話：「媽，我又被貶（官）了」。

但若你去細讀這些作品，它們大多不出惡言，反而很正能量，譬如柳宗元的〈始得西山宴遊記〉說：「心凝神釋，與萬化冥合」；范仲淹的〈岳陽樓記〉說：「居廟堂之高，則憂其民；處江湖之遠，則憂其君」。

沒錯，這種勵志格言、對自己喊話，就我看來就是古人面對不順遂負能量的標準反應之一。尤其是這些文章還可能被朝廷中的高層給讀到，所以更不能亂罵一通，當然要表現出自己時時顧念君王，心懷蒼生的志向。該說這就是中國古典文學的反串傳統嗎？爲了表述自己的痛苦，但又不能直接說出來，只好這樣迂迴婉轉。我們前面有說過，文學有一種隱晦與迂迴。透過大量譬喻、拐彎抹角來詮釋本來的意思。你可能會說這樣很假掰、很不坦率耶。但正因爲如此，解讀文字的意涵不也就變得很有趣嗎？

✦古人雞湯V.S.古人負能量

因爲以前是君主集權的時代，所以就算眞的有些酸諷之情，也不能表露得太明顯。劉禹錫曾經有首詩，寫玄都觀的風景：「玄都觀裡桃千樹，盡是劉郎去後栽」，被認爲在諷刺朝中新進官員，結果就因此被貶。

所以如果要委婉表現自己酸酸的心情，譬如像李白的「總畏浮雲能蔽日，長安不見使人愁」，像杜甫的「冠蓋滿京華，斯人獨憔悴」，差不多就是這樣了。浮雲遮蔽長安，就是擔心皇帝被小人給迷惑。至於杜甫「斯人」指的是李白，那麼多達官顯貴在都城，卻讓眞正有才的李白獨自被流放。

與其酸別人，更多古人選擇貶抑自己來表露心跡，但其實背後也有點諷刺的意味，像孟浩然有兩句詩：「不才明主棄，多病故人疏」，說現在皇帝是明主，說自己沒被重用是不夠有才能，看起來好像很謙虛，但其實算是高級反串的低調酸文。現在這個時代，大家任意上Dcard，在IG發限時動態，有話直說，批評時事，當然比起古人是言論自由很多。不過反串酸酸，拐著彎子罵人，不是感覺起來更機車嗎？

✦文人的「窮」有多窮？

上面跟各位分享古人如何展現他們的負能量。但我覺得有一點必須辯證：我們讀國文課本，讀到古代士人抑鬱不得志，或許是又被貶官；或許乾脆歸隱田園，遠離官場，都會覺得他們應該陷入某種生活悲慘、窮到只能吃土的窘境。

確實，許多古人會強調自己的「窮」，但古文的「窮」通常不單指經濟上的貧困，而是一種圍困的心態，一種窮盡無解的絕境。像阮籍經常駕著車任意開，開到前面沒路了，開始哭哭啼來，這叫做「途窮而哭」。你說沒路了就折返不就好了？但這其實是阮籍對生命的投射。

好，重點來了，這些在仕途陷入困窮的古人，也同時遭受經濟的打擊嗎？其實也未必。同學們都很熟悉的、不為五斗米折腰的陶淵明，他歸隱之後過的是怎樣的生活呢？

少無適俗韻，性本愛丘山。誤入塵網中，一去三十年。羈鳥戀舊林，池魚思故淵。開荒南野際，守拙歸園田。方宅十餘畝，草屋八九間。榆柳蔭後檐，桃李羅堂前。……（陶淵明〈歸園田居〉）

注意到沒有，「方宅十餘畝，草屋八九間」，欸，同學說這跟你想像中，老陶一個人住在小茅房的畫面不太一樣？那當然啦，畢竟陶淵明還是東晉名將陶侃之後，就算已經歸隱田園了，住個高級農舍過分嗎？

另外我們很熟悉的蘇軾，經歷烏臺詩案之後被貶到了黃州。說眞的東坡這時候是眞的窮，因爲被停發俸祿，一家老少開始量入爲出。有多省呢？原文是這樣說：

東坡云：「到黃（州），廩食既絕，痛自節儉，日用不得過百五十，每月朔便取四千五百錢斷為三十塊。掛屋梁上，平旦用畫义挑取一塊，

即藏去叉，仍以大竹筒別貯。用不盡者以待賓客。」（何良俊《四友齋叢話》）

人家是把錢存在豬公，他老蘇是把錢一串一串掛起來。然後每天出門只拿一百五十塊……我的老天鵝這也太省了吧，而且老蘇你這樣不怕錢被別人幹走嗎？但咱們老蘇後來仍然在黃州買了一塊地，由於地在黃州城東，從此他號爲「東坡」。

等等，有沒有覺得哪裡怪怪的？明明被貶謫又被停俸，爲什麼蘇先生還有錢買東坡？《宋史》對這事沒太多著墨，只說蘇軾到了黃州，「以黃州團練副使安置，軾與田父野老，相從溪山間，築室東坡，自號東坡居士」，因此過去有幾種說法，有說他早準備購置田產而有積蓄；也有說他仰賴朋友救濟；或說黃州太守將軍營廢地暫劃給他蓋房舍等說法。

但總之就是，我們想像老陶或東坡貧困交加，穿著破破爛爛的衣服，種田喝悶酒的畫面，可能不符合現實。就算辭官或貶謫，他們仍然是士族，終究不同於一般貧困農民，過的是另一種相對有餘裕的生活。

當然，我也不是要說古代文人都很假仙，但我覺得對古代士人來說，經濟上的富裕或貧困沒那麼重要，而當仕途不順遂，理想不遂行的時候，才是他們最痛苦、最感受到「窮」的時刻。這也給我們一些啟示：追求經濟的富裕只是理想中的一種，我們可能還會有其他的理想。當然，理想必須與現實妥協，但更多時候，沒有理想地生活著，那就是貧瘠而枯竭的人生。

✦放飛自我的文人

之前有個關於國文課本的話題，就是教科書編者與教師抱怨，由於課綱裡文言文比例調降，導致蘇東坡的〈記承天寺夜遊〉這篇，我們幾個世代都學過的課文，可能遭逢被刪去的命運。

當然，有老師提到「「不讀蘇東坡靈魂會乾涸」之說，可能有點誇飾，但這篇半夜揪朋友夜衝的短文，確實讀來雋永，尤其最末「但少閒人如吾兩人耳」，故作曠達卻又無奈厭世的心情，大概也只有滿腹不合時宜的東坡學士才講得出來。

〈記承天寺夜遊〉這篇短文，選自於《東坡志林》。《志林》裡另外還收錄十二篇遊記，其實都饒富趣味。像這篇〈記遊松風亭〉：

余嘗寓居惠州嘉祐寺，縱步松風亭下，足力疲乏，思欲就林止息。望亭宇尚在木末，意謂是如何得到？良久忽曰：「此間有甚麼歇不得處？」由是如掛鉤之魚，忽得解脫。（蘇東坡〈記遊松風亭〉）

簡單翻譯一下就是：東坡在惠州松風亭散步遊覽，腳瘦力乏，想走回涼亭休息，卻發覺離亭尚遠，苦惱著不知道還得走多久，此時忽然轉念，爲何不就地歇息，何苦非要走回去呢？就在這一瞬間，東坡感到自己猶如咬住魚餌的魚，忽然掙脫了魚鉤，再無束縛，自由自在。

我們都說東坡文章「行於所當行，止於所不可不止」，用白話說就是他的短文有著獨特的餘韻，猶如水墨畫裡的留白。而此體之下開晚明小品文一派，無論是承天寺的夜遊，松風亭的散策，都不過日常的拾遺，小小的感觸與淡淡的哲理，但正是這些點滴構成了我們的人生。所以若無緣讀東坡的這些隨筆，我確實會擔心同學對枯燥乾涸的日常生活，少了些文學敏銳的靈光。

✦ 掌握流量密碼？沒那麼容易

這幾年因爲影音媒體的改變，多了許多新的職業，譬如 Youtuber、直播主、播客等等，這些新職業或頭銜都是靠經營網路社群，培養網路流量，進而合作互惠，獲得收益。大致上可以通稱爲網紅。因爲新時代資訊爆炸，吸引眼球的媒體非常多元，所以要當網紅就必須強調「紅」，而且是要爆紅；且不僅在本地紅，最好能紅遍國際，紅到家喻戶曉，那這個網紅才能算是當得成功了。

但各位可能不知道，至聖先師孔子的三千弟子裡面，也有一個有過網紅志願的學生。而咱們的孔老夫子雖然是聖人，但對學生還是有些喜好偏見。大家可能知道孔子最喜歡的學生是顏淵，個性最剛烈的是子路，而傳承孔子詩教的是子夏，在志向上最認同的是曾點等等。

此外，孔子當然也有不是很滿意的學生。比方說替他駕車的樊遲，就因爲資質比較駑鈍而讓孔子不耐煩，後來還硬要問老師種田與種菜的問題，搞得孔子不開心。最讓老師激動的應該是宰予，他當面質疑孔子「守喪三年」的意義，也讓咱們孔老師氣噗噗，最後罵了他一句「朽木不可雕也」。

但我覺得孔子對子張這學生有滿多意見。子張本名顓孫師，個性比較狂放一些。就《論語》裡面的記載，他曾經有幾次向孔子請教「達」與「干祿」的問題。「達」就是成名、爆紅，「干祿」狹義定義是說做官賺錢，就是發大財的意思。

所以應該說子張是個比較世俗的學生，而孔子雖然不至於不喜歡他，但也每次都給予他諄諄教誨，有一次子張問老師說：「要怎麼樣才可以當一個顯達的人呢？」孔子反問子張：「什麼叫做顯達？」子張說就是像網紅這樣，到處都有人認識。孔子說這叫「出名」。出名其實很容易，「夫聞也者，色取仁而行違」，意思是說假裝以仁義自居，其實心裡根本不這樣想的人，也可以騙取名聲。

各位可能會看到一些網紅，做一些奇怪的行爲拍成影片，差不多就是這樣，雖然紅了，但卻不是什麼好事。子張另一次問孔子賺大錢：

子張學干祿。子曰：「多聞闕疑，慎言其餘，則寡尤。多見闕殆，慎行其餘，則寡悔。言寡尤，行寡悔，祿在其中矣。」（孔子《論語．為政》）

孔子告訴他先不要想著發大財，要端正自己的行為。不要講出錯的話，不要做後悔的事，那才有機會可以得到干錄。

我覺得這兩段滿有啟發的。有時候你可能想學的內容，跟老師教的不一樣，跟課本寫的不一樣，但你應該勇於向老師提問。有可能你想學的（譬如「干錄」跟「達」），必須透過迂迴的方式達成。孔子肯定不希望學生想著「發大財」啊，或變成百萬追蹤的網紅，但他也沒有直接開噴學生的志向。我覺得老師們還是要有孔子這般循循善誘的耐心……當然，還要記得收精神補償費 aka 學費才行。

✦ PH值酸到爆表的文人

前一段我們介紹想當「網紅」的子張，但其實在先秦這些大思想家的學生中，還眞有幾個喜歡刁難老師，或說跟老師唱反調的學生。他們很像現在教室裡出怪問題問倒老師的同學，以看老師答不出來爲樂。

不知道各位同學是否有這種嗜好，或班上有這樣的同學？對老師來說這種學生當然不好惹，要備課足夠才不怕被問倒；但站在同學的立場，我倒是鼓勵各位可以挑戰看看當一個問倒老師的學生，當然，前提是你要先準備或補充足夠的資訊與知識，而不是無的放矢，隨意發問。

《墨子》有〈非儒〉一篇，專門記錄墨家與儒家思想的差異。其中有一段在《論語》沒有的故事，發生在孔子在陳蔡絕糧的時期，子路弄來豬肉，孔子問都不問就吃光了，可說是「零剩食運動」的先驅者。但後來魯哀公迎回孔子，咱們至聖先師竟然又開始挑毛病，什麼席子不端正不坐，肉割不正不食。這時我們的子路問題就來啦，就說老師怎麼跟在陳國蔡國完全不一樣咧？孔子馬上把子路找來，告訴他答案：

孔丘窮於蔡陳之閒，藜羹不糝，十日，子路為享豚，孔丘不問肉之所由來而食；……哀公迎孔子，席不端弗坐，割不正弗食，子路進，請曰：「何其與陳、蔡反也？」孔丘曰：「來！吾語女：曩與女為苟生，今與女為苟義。」（墨子《墨子．非儒》）

「女」通「汝」，意思是我來告訴你：以前我們都餓到沒飯吃了，是求生優先於一切；但現在我們有飯吃，求義優先於一切。我其實滿贊同孔子的這個論述，在生存危急面前，過去的堅持難免可以做些調整。捨身取義是了不起的聖人沒錯，但不可能要求每個人都成爲聖人。

另一個著名的例證是《孟子》。孟子的時代是戰國初期，各國征伐更為頻繁，因此學生的提問也更直接更嗆。像孟子的學生陳臻就問了：之前我們離開齊國的時候，齊王贈我們百金當作旅費，老師您拒絕了。但在宋國、在薛國，人家給的錢你都拿了，一定是哪次做錯了吧？

陳臻問曰：「前日於齊，王餽兼金一百而不受；於宋，餽七十鎰而受；於薛，餽五十鎰而受。前日之不受是，則今日之受非也；今日之受是，則前日之不受非也。夫子必居一於此矣？」（孟子《孟子．梁惠王》）

這難道是說古早時代就有政治獻金法嗎？超過七十金不能領？但孟子不愧是論辯戰神，他的回答是，「皆是也」，意思是「我都對」。

孟子說因為在宋薛兩國，贈金是有名目的，但齊王贈兼金卻無目的，這是所謂賄賂。科科，所以結論是雖是賄款但只要有名目就可以嗎？當然，我的重點並不在此，而是告訴各位，即便像孔孟這般賢人，都有愛嗆他們的學生，與之機鋒論證，而老師的思想，其實在同學的不斷詰問裡，會更爲清澈明晰，這也是子路與陳臻他們的提問之所以被記錄下來的原因。所以各位同學不用擔心當一個問倒老師的人，大多數的老師都會因爲你的提問，更展現淵博的知識與精采的教學內涵。

遊俠

有輸過，沒怕過。
遊俠回頭，必有緣由，
不是報恩，就是報仇。

06

又稱古代 8+9，古代球棒隊。
在許多詩賦裡留下漂撇又不羈的形象。
新豐美酒斗十千，長安遊俠多少年。
不過在路上遇到行車糾紛很可能會烙人來輸贏。

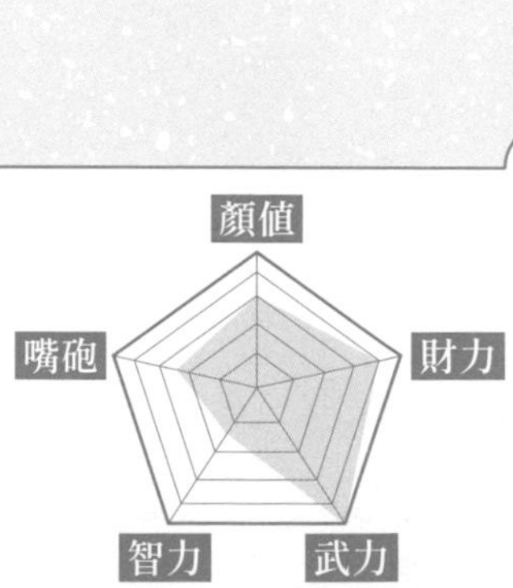

想到遊俠就想到《世紀帝國》裡的兵種（拜託那什麼骨灰級遊戲）。其實遊俠簡單來說就是古代的8＋9，因爲他們自己擁有武力，而且成群結黨，動不動就拔劍喝叱，以力服人或報恩報仇，遠走天涯。

關於遊俠的分類，最早可見於《史記》，根據司馬遷引用韓非的定義，「儒以文亂法，俠以武犯禁」，基本上以武力而不守法律，就算是遊俠。當然遊俠也有好壞之別，像司馬遷說戰國時的四公子：孟嘗君、春申君、平原君和信陵君，雖然擁有私人武力，但「招天下賢者，顯名諸侯，不可謂不賢者矣」；到了漢代，則有朱家、田仲、王公、劇孟、郭解等人。

✦現代有球棒隊，古代直接動刀動劍

雖然遊俠的行爲或許有一些爭議，但到了六朝或唐代詩人的筆中，有時卻頗嚮往這些豪氣干雲、不受律法約束的遊俠事蹟。有一類樂府詩專門在歌頌這類遊俠人物，像是〈紫騮馬〉或〈少年行〉這類的標題，看到就知道又在吟詠8＋9了。比方說鮑照的〈代結客少年場行〉：

> 驄馬金絡頭，錦帶佩吳鉤。失意杯酒間，白刃起相讎。追兵一旦至，負劍遠行遊。（鮑照〈代結客少年場行〉）

一開始騎馬用黃金當絡馬頭，佩著吳地出產的寶劍，然後因爲喝酒起衝突就拿刀相殺，被官兵追就決定跑路……等等，請問是在演《角頭》的情節嗎？沒錯，這就是古代遊俠的日常啊。李白向鮑照致敬的〈俠客行〉又更呱張了，說這俠客少年「十步殺一人，千里不留行。事了拂衣去，深藏身與名」，等等，走十步就殺一個人，這根本是恐怖連環殺人魔吧？後來金庸有本武俠小說《俠客行》，就是用了李白這首詩的典故。

另外王維、李白與杜甫都有〈少年行〉，風格各有不同，但基本上都在表現這種遊俠奢侈、粗鄙、不拘禮教的風流形象，李白寫：

五陵年少金市東，銀鞍白馬度春風。落花踏盡遊何處，笑入胡姬酒肆中。（李白〈少年行〉）

王維是這樣寫：

新豐美酒斗十千，咸陽遊俠多少年。相逢意氣為君飲，繫馬高樓垂柳邊。（王維〈少年行〉）

杜甫的版本則是：

馬上誰家白面郎，臨階下馬坐人床。不通姓字粗豪甚，指點銀瓶索酒嘗。（杜甫〈少年行〉）

意思差不多，我們可以歸納出幾個共通點：一，遊俠都是年輕人，鮮衣怒馬，漂撇ㄟ男子漢，有輸過沒怕過；二，貌似都是富二代，一擲千金，喝酒吃肉，還上酒店花天胡地。只能說貧窮限制了我的想像力。但也要提醒各位不要學習這種漢唐8＋9行爲，畢竟漢代是個法律還不完善的時代，而唐詩裡的這些少年遊俠呢，也多半是詩人想像的。在現代要當城市遊俠……好像沒那麼簡單吧。

✦再作點補充

前面我們引用了鮑照與李白詩的其中幾句，但這兩組詩氣勢都相當恢宏，很適合補充給大家全篇閱讀。鮑照的名句「日中市朝滿，車馬若川流」，想像長安遊俠在熙來攘往之中，排闥過市的情境，而李白詩最末的「誰能書閣下，白首太玄經」，則更是讓原本是揚雄寫的《太玄經》，成爲《俠客行》書中的武學寶典祕笈，也可見這兩首詩影響的深刻：

驄馬金絡頭，錦帶佩吳鉤。失意杯酒間，白刃起相讎。追兵一旦至，負劍遠行遊。去鄉三十載，復得還舊丘。升高臨四關，表裏望皇州。九衢平若水，雙闕似雲浮。扶宮羅將相，夾道列王侯。日中市朝滿，車馬

若川流。擊鐘陳鼎食，方駕自相求。今我獨何為，埳壈懷百憂。（鮑照〈代結客少年場行〉）

趙客縵胡纓，吳鉤霜雪明。銀鞍照白馬，颯遝如流星。十步殺一人，千里不留行。事了拂衣去，深藏身與名。閑過信陵飲，脫劍膝前橫。將炙啖朱亥，持觴勸侯嬴。三杯吐然諾，五嶽倒為輕。眼花耳熱後，意氣素霓生。救趙揮金槌，邯鄲先震驚。千秋二壯士，烜赫大梁城。縱死俠骨香，不慚世上英。誰能書閣下，白首太玄經。（李白〈俠客行〉）

✦愛國志士aka老8+9

說起古代愛國的人士，我們馬上浮現好幾位知名人物，陸游、辛棄疾、文天祥……他們一方面有著遊俠的豪情壯志，另外一方面又寫詩文，動不動還要舞劍、健身、學館長、罵髒話（等等，人家沒有罵髒話啦）。

南宋愛國詩人陸游，號放翁，我們現在一般稱他為放翁大仔，不是啦，稱他陸放翁。陸游一生爲國效忠，希望能收復北方失土，但終究大志未成，含恨而終。陸游晚年就有好幾首感嘆自己不能上陣殺敵、爲國獻身的悲哀，譬如這首〈十一月四日風雨大作〉其一：

僵臥孤村不自哀，尚思為國戍輪台。夜闌臥聽風吹雨，鐵馬冰河入夢來。

（陸游〈十一月四日風雨大作〉）

輪台是漢代地名，在現在新疆維吾爾自治區，陸游只是借代，說自己雖然雖然躺在荒村，但心裡還是想爲國去戍守邊疆，還想要拿刀耍槍去跟人家輸贏啊（阿北你這樣眞的會出事喔）。但陸游也認淸自己年華老去，只能聽著風雨聲進入夢境，想著金旗鐵馬的戰爭景象。眞想跟他說，睡吧，夢裡什麼都有。而陸游的另外一首〈書憤五首〉其一又更壯烈而悲愴了：

早歲那知世事艱，中原北望氣如山。樓船夜雪瓜洲渡，鐵馬秋風大散關。
（陸游〈書憤五首〉）

寫這首詩時陸游已經六十幾歲，在古代算是高齡了。至少不可能再上馬作戰了。所以陸游感嘆自己年輕時，哪知道收復河山那麼困難，還想著中原遲早會光復，沒想到自己南渡瓜洲，就再也回不去大散關了。至於他還有另一首〈示兒詩〉也非常有名：

死後元知萬事空，但悲不見九州同。王師北定中原日，家祭毋忘告乃翁。
（陸游〈示兒詩〉）

意思就是說：我雖然知道死後什麼都是一場空，但我唯一的遺憾就是九州還沒有統一。而陸游還提醒兒孫，等到中原被收復的那一天，家祭一定要告訴我，以慰自己在天之靈。

現在鄉民有時候也會開玩笑說：某部漫畫因爲畫家一直拖稿休刊，看不到結局了，希望孫子燒給自己。不過陸游的心情非常悲痛。然而歷史的巨輪不停地轉動，在陸游死後幾十年，南宋聯合蒙古滅了金朝，於是另外一個南宋詩人劉克莊，寫了一首詩回應陸游：

不及生前見虜亡，放翁易簀憤堂堂。遙知小陸羞時薦，定告王師入洛陽。

（劉克莊〈端嘉雜詩・其四〉）

意思是說，陸游可惜啊，生前沒看到我們王師將金朝滅掉，如今如果陸家子弟還在，一定會告訴陸游，咱們大宋已經攻進洛陽了。

但時代變化往往比我們想像更快，又沒過幾年，南宋也被蒙古給滅了。這下子中原終於一統，只是淪入異族之手。另一位愛國詩人林景熙，寫了另一首詩回應陸游：

青山一髮愁蒙蒙，干戈況滿天南東。來孫卻見九州同，家祭如何告乃翁？

（林景熙〈題陸放翁詩卷後〉）

雖然陸游的子孫看到九州統一了，但卻是被異族給統治，這下該怎麼辦呢？如果陸游的子孫還在，家祭的時候好意思跟陸游報告嗎？

我們現在會說歷史的演進是不可逆的，這是出於我們對歷史的後見之明。對陸游來說，他當然沒法預料未來的情境，但北方畢竟是漢人的故土，因此陸游即便過世了，仍然希望後代可以告訴他後續歷史的發展。不過可見在路上看到這種老8+9，還是要離遠一點（不是吧，這什麼神鬼結論）。是說愛國壯士的精神，真的很讓人欽佩就是了。

隱士

每天叫醒我的不是鬧鐘，是萬籟俱寂。
非必絲與竹，山水有清音。
我愛的不只是隱居，是人生。

07

通常也是由文人轉職，
但有些是認真隱居，有些是假仙隱居，
有些是沒官作不得不隱居。

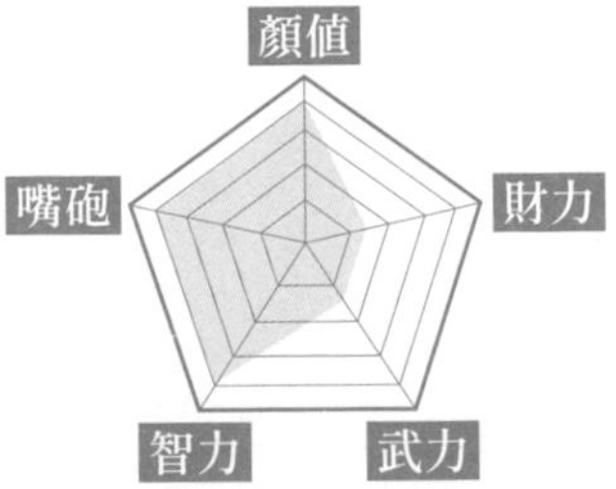

想到隱士之宗，我們會想到陶淵明。但更往上溯，我們會想到楚國的三閭大夫屈原……的好朋友漁父。這其實有個很微妙的狀況在於，眞正的「隱士」我們不會知道他是誰。對啦，眞的要隱居還會讓你認識嗎？當然是默默無名啦。所以古代的那些漁父、樵夫、炭治郎、野豬……可能都是隱逸不出世的高人啊。這樣說起來，選隱士好像比選文人、選霸王都還威喔？

✦屈原：漁父我演的啦

以前課本都會選〈漁父〉這篇課文，但現在因爲一綱多本，有些課本已經刪掉了這一課。這一課除了屈原對漁父表述心志之外，有許多值得深入討論之處。

> 屈原既放，遊於江潭，行吟澤畔，顏色憔悴，形容枯槁。漁父見而問之曰：「子非三閭大夫歟？何故至於斯？」屈原曰：「舉世皆濁我獨清，眾人皆醉我獨醒，是以見放。……吾聞之：新沐者必彈冠，新浴者必振

衣；安能以身之察察，受物之汶汶者乎？寧赴湘流，葬於江魚之腹中；安能以皓皓之白，而蒙世俗之塵埃乎？」漁父莞爾而笑，鼓枻而去。乃歌曰：「滄浪之水清兮，可以濯吾纓；滄浪之水濁兮，可以濯吾足。」遂去，不復與言。（屈原〈漁父〉）

文章一開頭就提到：屈原容顏憔悴，外表枯槁，灰心喪志，爲國憂愁。有位漁人看到憂愁滿面的屈原，爲了打消屈原輕生的念頭，跑去跟屈原說了一段X話，不，我是說勉勵話（字幕：請珍惜生命）。其中最有文學況味的就是離去時，漁人唱的歌：「滄浪之水清兮，可以濯吾纓；滄浪之水濁兮，可以濯吾足。」

司馬遷《史記》直接引用〈漁父〉，將之當成屈原投江前的最後對話。但等等，各位有沒有想過，那這段是誰記下來的？其實〈漁父〉是辭賦常見的體例，屈原恐怕不是眞的遇到漁人，而是假設問答以寄託己意。

〈漁父〉就跟《楚辭章句》的前一篇〈卜居〉一樣，使用第三人稱，開頭都是「屈原既放」，因此有後人擬作的推測，但辭賦向來有「設辭問對」一體，因此就算托詞爲第三人稱，也不能確定就不是屈原原著。

洪興祖《楚辭補註》認爲：「〈卜居〉、〈漁父〉，皆假設問答以寄意耳，太史公〈屈原傳〉、劉向〈新序〉或採《楚辭》、《莊子》漁父之言以爲實錄，非也」，也就是說〈漁父〉假若是屈原本人寫的，這整件事也是屈原虛構的。司馬遷將〈漁父〉的情節當成屈原投江前眞實的對話，這是錯的。這就像蘇東坡〈赤壁賦〉的「蘇子」與「客」，同樣是虛構人物的對話。

但重點是這種漁人，樵夫（又稱古代炭治郎），其實都是典型的隱士形象。所以各位只要看到漁隱、樵夫、善逸或野豬（古代沒有那兩位啦），就要想到他們可能代表著不仕的高人。

✦想到隱居就想到屈原

至於這首「滄浪之水歌」的內容，成爲後來重要的典故。陶淵明〈歸田園居〉第五首，寫他歸隱田園之後，農閒之餘在附近散步所見：

悵恨獨策還，崎嶇歷榛曲。山澗清且淺，遇以濯吾足。漉我新熟酒，隻雞招近局。日入室中闇，荊薪代明燭。歡來苦夕短，已復至天旭。（陶淵明〈歸田園居〉五首其五）

老陶遇到一條小溪，發現溪水清澈，於是決定來洗腳。這看起來只是日常描寫，但用的正是〈漁父〉的意象。有學者說陶淵明的意思是卽便政治清明，但他已經沒有了當官的帽纓，所以用山泉來洗腳。我們以前常說陶詩在六朝唯美文學的時代，難得的清新自然不用典，但陶淵明也用典，只是他將典故與現實生活結合在一起。我覺得眞正好的作品並不僅在於其本身，更在於它為其後的文學史增添的素材。之前的經典成為後來經典的典故，於是這麼一直流傳至今。

✦ 包粽子到底紀念誰？

前面我們提過端午節與屈原、伍子胥的關係，大家可能會有另外一個疑惑，什麼時候開始在端午節紀念屈原呢？根據梁．宗懍《荊楚歲時記》，六朝時過端午節就會掛艾草、划龍舟：

> 今人以艾為虎形，至有如黑豆大者，或翦綵為小虎，粘艾葉以戴之。
>
> 五月五日競渡，俗為屈原投汨羅日，傷其死所，故並命舟檝以拯之。舸舟取其輕利，謂之「飛鳧」，一自以為「水車」，一自以為「水馬」。
>
> （宗懍《荊楚歲時記》）

原來以前不叫做划龍舟，而叫划飛鳧，開水車或騎水馬（怎麼聽起來有點可愛有點萌？）（我想開天竺鼠車車）。但宗懍的書也有提到，其實在東吳傳說中划龍舟的習俗並不是紀念屈原而是紀念伍子胥：

> 五月五日，時迎伍君，逆濤而上，為水所淹。斯又東吳之俗，事在子胥，不關屈平也。（宗懍《荊楚歲時記》）

另外我們小時候也會讀到，說端午節要吃粽子是因爲楚國當地人怕魚去吃屈原的屍體，所以用竹葉包米丟到水裡，但這其實也不是唯一的版本。（魚表示：難道我不能吃過屈原再吃粽子嗎？）《荊楚歲時記》提到：「夏至節日，食糉。周處《風土記》謂爲角黍，人並以新竹爲筒糉。」不過也有注疏認爲古代的夏至就是五月初五。而以前粽子也不是用竹葉包，有用竹筒也有用菰葉，總之不是餵魚用的。

✦ 隱士的矛盾

其實講那麼多，最重要的是「隱士」在歷代中國文化傳統裡，其實是個矛盾的角色。一方面隱士清高又令人稱羨，他不與時俗彈同調，沒有功名利祿的野心。但另外一方面，隱士的存在代表著對執政者的不信任。

如果天下清明，爲何要隱居呢？所以屈原選擇最極端的方式，而非隱居起來看著國家滅亡。但對於那些在太平盛世懷才不遇的歷代士人來說，屈原或漁父就成爲他們最好的寄託對象。於是「仕隱」的問題，就成爲中國士人最關心的題材。後來甚至流行起一種「身在江海之中，心遊魏闕之上」的思想，一方面在朝中任官，一方面心靈過著隱居的生活。我們可以看一下這兩首〈招隱詩〉，就在思辨這些問題：

杖策招隱士，荒塗橫古今。巖穴無結構，丘中有鳴琴。白雪停陰岡，丹葩曜陽林。石泉漱瓊瑤，纖鱗亦浮沈。非必絲與竹，山水有清音。……

（左思〈招隱詩〉）

小隱隱陵藪，大隱隱朝市。伯夷竄首陽，老聃伏柱史。昔在太平時，亦有巢居子。今雖盛明世，能無中林士。（王康琚〈反招隱詩〉）

王康琚其實就是在跟左思、陸機他們唱反調。爲什麼一定要把隱士給召喚出來任官呢？其實太平盛世也有巢居隱逸的名人喔。我覺得「隱士」可能是歷代文人永恆的嚮往，畢竟誰都嘛有「老子不想幹了」的衝動。但隱居之後的生活會更好嗎？隱居起來不就代表對時局的不滿嗎？

你可能會問，都已經不幹了去隱居，還要Care君王怎麼想？朝中怎麼想嗎？不不不，要知道在古代的君主思維裡，普天之下莫非王土，率土之濱莫非王臣。就算官員不當辭職了，也終究要被君王管的。所以想當眞正的隱士，恐怕也沒那麼容易吧。還是當一個新手玩家就好。接下來準備好，選擇你職業的裝備吧。

CHAPTER 3 裝備加值

01

坐騎

自古的英雄都與他的坐騎一起不朽。

但……先問一下，

古人買坐騎能不能貸款？

✦好的坐騎帶你上天堂

江湖傳言「神兵在手，天下我有」，除了玩電動需要靠神兵利器，每個職業也都要有對應的裝備。戰士騎名馬，坦克穿鎧甲，劍客用名劍，軍師用羽扇，文人騎蹇驢……雖然好像有點刻板印象，但就像我們說的「人要衣裝」，穿像樣的裝備，才能顯示出自己是怎樣的人。

服裝配備或坐騎，其實也有一種表態的效果。當年嵇康不願意做官，在寫給山濤的絕交信裡，就說自己身上都跳蚤，不能穿官服。而蘇東坡在黃州，興起「小舟從此逝，江海寄餘生」的念頭時，也傳出將「冠服掛江邊，舟長嘯去矣」的謠言。所以說神裝不是只有在電動遊戲裡重要，對古人來說也很重要。

我們現在玩遊戲，除了選兵器，穿裝備，選擇好的載具（坐騎）也很重要。古代最主要的交通工具，當然就是馬了。

記得之前高中有選一課岳飛的〈良馬對〉，藉著良馬與駑馬譬如人才，而老師也經常勉勵同學要當一匹千里馬。古文裡也經常有以馬譬喻人才的篇章。在《莊子．秋水篇》裡提到四種「騏驥驊騮」，莊子說這四匹都是千里馬，但若讓牠們捕鼠，則「不如狸狌」，這裡的狸狌是指貓貓啦。

> 梁麗可以衝城，而不可以窒穴，言殊器也；騏驥驊騮，一日而馳千里，捕鼠不如狸狌，言殊技也；鴟鵂夜撮蚤，察毫末，晝出瞋目而不見丘山，言殊性也。（莊周《莊子．秋水》）

莊子的重點是：每個工具都有它原本的用處，只是莊子對所謂的「用」也有他獨立的評價與脈絡就是了。重點是，就算是一個人才，也得放在適合的位置，這也就是韓愈說的：「世有伯樂，然後有千里馬。」每個人都有對應的才華，如果能被看見就有發揮的機會。就好像我們現在說的，「不要叫一隻魚去爬樹」，在不適合的位置，再有才華的人也沒辦法發揮。

至於有在玩三國系列手遊的同學，大概都聽過「赤兔馬」這匹名駒。其實這也有必須重新考究之處。根據正史《三國志》，只有提到呂布「有良馬曰赤兔」，因此漢末流傳著一首童謠說：「人中有呂布，馬中有赤兔。」至於赤兔馬後來被曹操捕獲，再轉贈給關雲長，可能就是《三國演義》裡添加的情節了。

但對我們現代頗有啟發的是三國時代的另外一匹馬——劉備的坐騎「的盧」。要特別強調的是，「的盧」不是專指一匹馬的名字，而是指馬的特殊毛色，根據《相馬經》說：「馬白額入口至齒者，名曰榆雁，一名的盧。」就是嘴邊有白毛的馬種，就稱之為「的盧」。

還有就是「的盧」也不是什麼千里馬，反而是著名的凶馬。《相馬經》後面還說，若誰騎了這種馬，「奴乘客死，主乘棄市」，反正誰上馬誰立馬倒楣就是了。

不過根據《世說新語》，的盧這匹凶馬卻救過劉備一命。這件事非常神奇，原文出自陳壽的《三國志》，所以確定是正史，可以不用懷疑。

備屯樊城，劉表禮焉，憚其為人，不甚信用。曾請備宴會，蒯越、蔡瑁欲因會取備，備覺之，偽如廁，潛遁出。所乘馬名的盧，騎的盧走，墮襄陽城西檀溪水中，溺不得出。備急曰：「的盧：今日厄矣，可努力！」的盧乃一踊三丈，遂得過，乘浮渡河，中流而追者至，以表意謝之，曰：「何去之速乎！」（陳壽《三國志》）

劉備在依附劉表時，蒯越、蔡瑁設宴要暗殺劉備，劉備假裝上廁所而尿遁，騎著的盧逃到檀溪前。劉備對著這匹凶馬大喊：「現在危險了，就是努力的時候。」（劉備頭上出現「危」字號）（又被諸葛村夫坑了）。沒想到咱們的盧馬一躍三丈，就這樣跳過了檀溪，帶主人劉備逃出升天。

這件事很戲劇化，但其實可信度不高，在孫盛《漢晉陽秋》就曾打臉這件事：「此不然之言。備時羈旅，客主勢殊，若有此變，豈敢晏然終表之世而無釁故乎？」意思就說若真的有這件事，劉備早就跟劉表翻臉了，因此他推測這是《世說新語》瞎掰的。

不過我覺得劉備與的盧的這個傳說，滿值得我們現代人借鏡。老師經常跟我們說「老驥伏櫪，志在千里」，好像一定要日騁千里，才算是一個人才，但其實每個人的才華表現都不盡相同，有人少年得意，有人大器晚成。像的盧這樣，平常可能算不上千里馬，但在關鍵的時候能奮力一躍，展現出平時看不到的才華，拯救牠的主人免於困厄，不是也很了不起嗎？

這給我們一個反思，就是現在大家喜歡用梗圖「我就爛」。但其實承認自己的爛沒什麼不好意思的。而以的盧的狀況來說，我覺得正是因爲牠沒有被當成千里馬的期待，反而能發揮令人驚豔的才能，這可能是在立志千里之餘，我們也可以勉勵自己的一種狀態。所以臺灣青年經常說自己「厭世」，而對岸青年則流行說「躺平」，歸根究底，誰說一定要當一四日騁千里的千里馬呢？

✦ 安車：原來以前的車車不是坐的？

之前有個新聞說，臺灣的選手們出國比賽，被網友發現竟然只能坐經濟艙，畢竟選手出國比賽是爲國爭光，在舟車勞頓的情況下難免影響到比賽表現。

其實從古到今，傑出人士都有這種艙位升等的待遇。當然，古代還沒有飛機這種發明，我之前的文章也提到，古人的交通主要就是靠獸力，騎馬或騎驢這樣，我們現在想像坐馬車好像很方便，但要知道一來馬車速度慢，二來又沒有避震器，路也不是柏油路，交通的顛沛可想而知。

也因此，特別傑出的人才，就會得到皇帝賞賜的「安車蒲輪」之禮遇。「安車」指的是可以安坐的車，你可能會問車子不都是用坐的嗎？其實並不是。古代許多馬車是用站的。想想看搭公車沒座位，就這樣站個三天三夜，是不是會累死？而「蒲輪」指的是以蒲草把車輪給包起來，達到類似避震器的效果，但就算如此，這種車肯定不會比現在的轎車舒服啦。

那麼誰享受過「安車蒲輪」的待遇呢？根據《漢書》記載，《詩經》專家魯申公年紀很大，漢武帝想聽他講魯詩，於是「遣使者安車蒲輪，束帛加壁，徵魯申公」，意思是賜他乘坐安車，蒲草避震，車內還加掛束帛，在當時可說是等同商務艙的舒適座位了。

不過就算如此，還是有人承受不住。漢武帝還曾召見另外一位文人枚乘：

武帝自為太子聞乘名，及即位，乘年老，乃以安車蒲輪徵乘，道死。詔問乘子，無能為文者，後乃得其孽子（此處是指庶子）皋。（班固《漢書・枚乘傳》）

雖然已經賜坐「安車蒲輪」了，但因爲枚乘年紀眞的太大，雖然坐的車已經升級了，但還是受不了路途顛簸而死於途中。所以對現代人來說，旅遊是很愉快的體驗，但對古人來說卻經常得冒著賭上生命的風險。古人肯定也想不到，以後還有自駕車這種高級設備可以坐吧？

02

鎧甲

怕痛的我除了把防禦力點滿，
也可以把鎧甲穿好穿滿。
鎧甲由於穿脫很麻煩，
聽說史可法曾經穿了好幾個月不就寢。
（會不會臭臭的？）

✦冰鳥還敢下來啊？高防鎧甲要選哪件？

各位如果平常玩電動、玩手遊，大概知道古代是「冷兵器」的時代，意思就是沒有槍或火砲這種高科技武器。如果只是揮刀射箭，那麼士兵的裝備、鎧甲就顯得很重要。

雖然我們都不樂見戰爭的發生，但又不得不承認，歷史上人類文明的演進，以及新事物、新科技的發明，經常與戰爭息息相關。譬如核彈那麼可怕的戰爭武器，就是從二十世紀初期放射線、核分裂的知識快速發展出來的，像同學們很熟悉的愛因斯坦、居禮夫人的研究，都與核武器有所關聯。

就算在古代，爲了在戰場上殺敵或增加存活率，鎧甲成了戰士很重要的裝備。我在《左傳》裡看到一則故事，說宋國的大將軍華元打敗仗被俘虜，後來自行脫困，但因爲穿戴鎧甲行動不便，於是棄甲而歸。沒想到逃到宋城，守城人竟然不讓他進來，還笑他一頓：

宋人以兵車百乘，文馬百駟，以贖華元于鄭。半入，華元逃歸，立於門外……城者謳曰：「睅其目，皤其腹，弃甲而復。于思于思，棄甲復來。」使其驂乘謂之曰：「牛則有皮，犀兕尚多，弃甲則那？」役人曰：「從其有皮，丹漆若何？」華元曰：「去之，夫其口眾我寡。」（左丘明《左傳・宣公二年》）

守城的人嗆華元說：「看看咱們的大將軍，眼神多麼凶狠，肚子那麼大，竟然把盔甲丟了逃回來？」華元將軍的司機很生氣，替華元幫腔：「牛皮、犀牛皮那麼多，丟了一套盔甲又怎樣？」另一個在城牆做工的工人繼續嗆將軍：「就算有牛皮，但盔甲上色的紅色油漆很珍貴啊？」最後華元放棄抵抗，不敢跟百姓嗆聲了。

這個故事除了看到華元狼狽被打臉之外，也說明了先秦時期，鎧甲是用牛皮跟犀牛皮製作。到了三國時代，由於弩箭威力更大，鎧甲也升級了。而且製作技術者就是大家很熟悉的軍師諸葛孔明。

在《宋書》有段記載，說宋武帝將宮裡的寶物賜給大臣：「御仗先有諸葛亮筩袖鎧帽，二十五石弩射之不能入」，這個鎧甲有多厲害呢？連二十五石那麼重的弓都射不穿。要知道古代的弩箭，石數越高越要更大的力量拉動，而穿透力更強。但孔明竟然造出那麼堅固的鎧甲，可見他的發明技術強大。

後來的鎧甲就從牛皮改成鐵衣了，當然，金屬可以防禦弓箭，所以戰場的生存率提高了，但穿戴起來又更不方便了。像同學們可能讀過的〈左忠毅公逸事〉這課，就說史可法數月不就寢。這並不是說他都不睡覺，而是史可法因戰事緊急，沒時間穿脫鎧甲，乾脆只靠著兵卒休息，不去床上躺平睡覺。又譬如唐朝邊塞詩裡也有這樣的句子：「將軍角弓不得控，都護鐵衣冷難著」，因爲塞外天氣寒冷，穿脫鐵甲都是一件非常困難的事。

看到這裡眞的覺得古代的生活充滿艱辛，如果把我們這種現代阿宅丟去古代，大概沒幾天就會GG了。之前有個日本動畫叫做〈Dr. 新石紀〉，講全人類被石化了三千七百年，退回到石器時代，但一個天才理科高中生憑著自己對理化的知識，想要奪回人類失落的文明。我有時候在想，我們現代人之所以能享受便利的發明，其實有賴於古代的積累。所以學古文或學歷史也有同樣的意義，正因爲知道古代的知識是如何積累的，才更能理解我們現今的進步得來不易。所以大家拿起手機或打開電腦時，不要只是手滑，多懷抱著感恩的心好嗎？

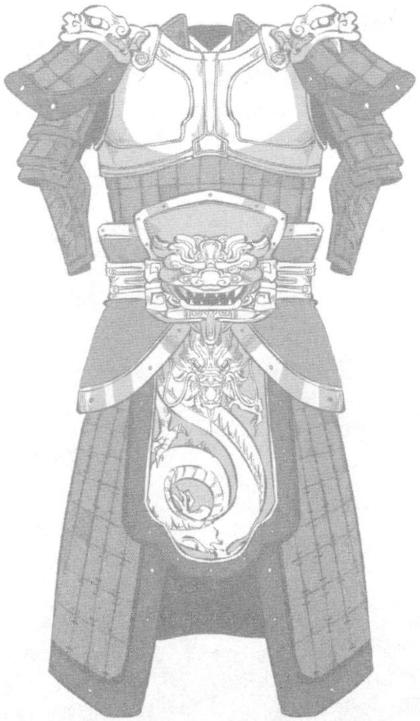

03

名劍

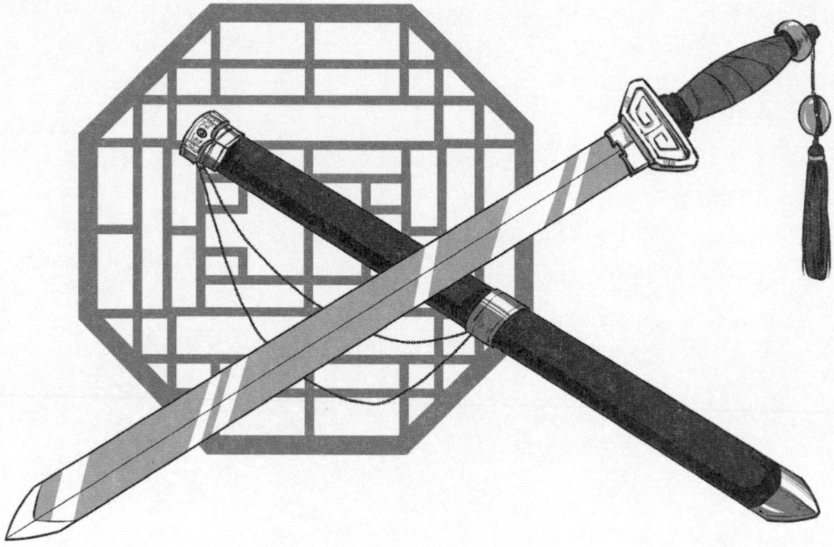

路逢劍客須呈劍，

美人如玉劍如虹，

江湖在走，武器要有。

8+9 神劍在手，天下我有。

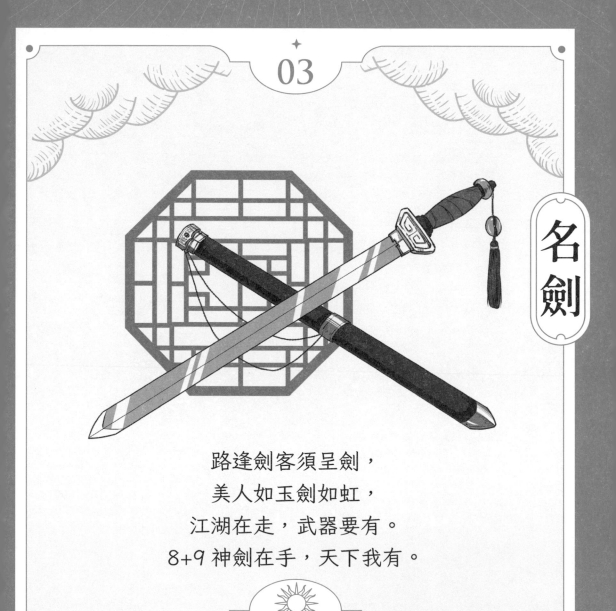

✦ 寶劍贈英雄

在漫畫裡有很多神兵利器，像是炭治郎的「日輪刀」，《死神》裡的「斬魄刀」。當然現在隨便拿兵器是不合法的，但以前人常說「寶劍贈英雄」或「路逢劍客須呈劍」，在冷兵器的時代，劍本身就是充滿想像的神兵利器，先不說武俠小說裡的倚天劍、玄鐵劍這種奇幻想像，古文裡與劍有關的典故也非常多。

戰國時代，南方的吳越之地以擅長鍛造名劍著名。在《史記．刺客列傳》裡有一把「魚腸劍」，其實它本名不叫魚腸。這個故事起源於楚國名將伍子胥，他的父親與哥哥都被楚國害死，於是他到了吳國，「說以伐楚之利」，利誘吳王（名僚）討伐楚國。但當時的公子（名光）察覺了伍子胥的野心，於是諷諫吳王：「彼伍員父兄皆死於楚而員言伐楚，欲自爲報私讎也，非能爲吳。」意思是伍子胥只是要報私仇，並不是眞心爲吳國著想。

公子光曰：「彼伍員父兄皆死於楚而員言伐楚，欲自為報私讎也，非能為吳。」吳王乃止。伍子胥知公子光之欲殺吳王僚，乃曰：「彼光將有內志，未可說以外事。」乃進專諸於公子光。（司馬遷《史記‧刺客列傳》）

公子光把伍子胥的野心看得很透徹，但伍子胥也發現公子對吳王有異心，於是送了一個名叫專諸的刺客給公子。

幾年後吳楚間邊境爆發衝突，吳兵被楚國給阻斷了路，公子認爲機不可失，讓專諸烤了一條魚獻給吳王，在王前專諸把魚腹剖開，秀出裡面的匕首，用這把劍將吳王刺死。

酒既酣，公子光詳為足疾，入窟室中，使專諸置匕首魚炙之腹中而進之。既至王前，專諸擘魚，因以匕首刺王僚，王僚立死。（司馬遷《史記‧刺客列傳》）

雖然專諸隨卽也被左右隨扈所殺，但吳王僚已死，公子光自立爲王，卽是著名的吳王闔閭。而這把放在烤魚腹裡的匕首，就被後人稱爲「魚腸劍」。

闔閭自己也是一個很喜歡收藏神兵的人，根據《吳越春秋》：「吳王闔閭請干將作劍。干將者，吳人，其妻曰莫邪。」這也就是古代名劍「干將」、「莫邪」的由來。而原文是這樣說：「干將採五山之精，六金之英，候天地，伺陰陽，百神臨視，而金鐵之精未流。夫妻乃剪髮及爪而投之爐中，金鐵乃濡，遂成二劍。」此二劍卽名爲干將與莫邪。

後來有些小說稱干將與莫邪兩夫妻自投煉金爐，犧牲自己以鍛鑄寶劍，這有點太殘忍也不合理。古代身體髮膚卽爲一個人的象徵，將頭髮指甲投入爐中，就隱含了獻身以鍛劍的意義。

不過寶劍再怎麼鋒利，最重要的還是用劍之人，能不能在平日藏其鋒芒，在有需要發揮的時候展現鋒利。《史記》的眾多刺客裡，最有名但也最悲劇的就是刺秦王的荊軻，荊軻刺秦失敗，腿被斬斷，他最後還奮力一搏：「乃引其匕首以擿秦王，不中，中桐柱。」

荊軻這一擊未中，後來引發許多文士的感嘆，陶淵明〈詠史詩〉詠荊軻，最後幾句說：「惜哉劍術疏，奇功遂不成，昔人雖已歿，千載有餘情。」雖然全詩大抵在稱讚荊軻，但最後感嘆荊軻沒把劍術練好，差一步沒能擊殺秦王。

寶劍這類的當然可以磨練得很銳利，但關鍵還是在於使用兵器的人，所以比起經常鋒芒畢露，過度炫耀自己的能力，不如將錐子藏在囊中，有必要時再展現其鋒利，這也就是我們說的深藏鋒芒。大家如果看動漫就知道了，通常早人家一步將大絕招式喊出來的，都是比較先被打敗的。所以把劍藏到最後，往往就是贏家喔。

✦再做點補充：

陶淵明的〈詠荊軻詩〉，歷代有許多解釋。有說因爲當時朝代更替，他想要效法荊軻，買兇刺殺當時的劉宋武帝劉裕。但也有人認爲這是他年輕時的詠史詩練習之作，在詩裡，陶淵明對荊軻頗爲推崇，感嘆他敗在劍術不夠好，但刺秦雖失敗，名聲卻還是千年流傳，是值得一讀的陶淵明佳作。

燕丹善養士。志在報強嬴。招集百夫良。歲暮得荊卿。君子死知己。提劍出燕京。素驥鳴廣陌。慷慨送我行。雄髮指危冠。猛氣衝長纓。飲餞易水上。四座列群英。漸離擊悲筑。宋意唱高聲。蕭蕭哀風逝。淡淡寒波生。商音更流涕。羽奏壯士驚。心知去不歸。且有後世名。登車何時顧。飛蓋入秦庭。凌厲越萬里。逶迤過千城。圖窮事自至。豪主正怔營。惜哉劍術疏。奇功遂不成。其人雖已沒。千載有餘情。（陶淵明〈詠荊軻詩〉）

04

羽扇拂塵

注意看，這把兵器太狠了，

基本上沒有實戰力，

但拿在手上感覺智力直接加 99。

✦ Cosplay軍師的必穿神裝

我們看三國電影，或玩三國遊戲，想到軍師都是戴著綸巾，拿著羽扇或著是拂塵（就是張三豐或武當派他們拿的那一支），先不要說羽扇還是拂塵這種裝飾品到底有沒有攻擊力好了（我猜是沒有，純粹只是裝飾效果），但古人真的會這樣穿嗎？是何時出現在中國歷史之中的咧？

讓我們先從《三國演義》裡諸葛軍師的描寫看起，話說第五十二回〈諸葛亮智辭魯肅，趙子龍計取貴陽〉裡，軍師登場是這樣說：「只見對陣中，一簇黃旗。門旗開處，推出一輛四輪車。車中端坐一人，頭戴綸巾，身披鶴氅，手執羽扇，用扇招邢道榮曰：『吾乃南陽諸葛孔明也。』」

啊哈，原來孔明平常坐輪椅，不是啦，坐著四輪車，頭戴綸巾，身穿鶴毛大衣，拿著羽扇的形象，與《三國演義》的建構很有關連。不過《三國演義》這段其實也算有考據，因爲執扇確實是從漢末至東吳時期開始興起。

《世說新語》有一則記載，說當時庾穉恭當荊州刺史，送了皇帝一把羽扇，但皇帝卻覺得是舊貨。竟然拿二手品進貢給皇帝，這太扯淡了吧？該怎麼辦呢？

> 庾穉恭為荊州，以毛扇上成帝。成帝疑是故物。侍中劉劭曰：「柏梁雲構，工匠先居其下；管弦繁奏，鍾、夔先聽其音。穉恭上扇，以好不以新。」庾後聞之曰：「此人宜在帝左右。」（劉義慶《世說新語・言語》）

這時侍中劉劭出來拍馬屁緩頰說：「當年漢武帝的柏梁臺蓋好，也是工匠先睡在底下，皇帝的管弦樂隊演奏，也是鍾子期與夔這些樂工先聽有沒有走調。所以人家進貢的扇子，不在乎是不是二手貨，而要看它是不是好貨。」

庾穉恭輾轉聽到劉劭這段話，鬆了一口氣，說：「這個人應該讓他常常陪在皇帝身邊。」

這故事有什麼啟示呢？嗯哼，好像是說比較會拍馬屁的人當官比較久喔。不過這個我們不用學，重點是說，用羽扇在東漢還不普遍，還是進貢品，但到了六朝就變成士人的必需品了。根據嵇含〈羽扇賦〉的序說：「吳楚之士，多執鶴翼以爲扇。雖曰出自南鄙，而可以遏陽隔暑。大晉附吳，遷其羽扇，御于上國」；而傅咸〈羽扇賦〉也提到：「昔吳人直截鳥翼而搖之，風不減方圓二扇，而功無加，然中國莫有生意者。滅吳之後，翕然貴之，無人不用。」

因爲羽扇最主要就是搧風驅熱，一開始只有吳楚之地的士人在用，本來在中原是沒有這個門路。西晉滅吳之後，羽扇就傳到了全國，開始蔚然流行。

諸葛亮是荊州南陽人士，用羽扇應該是合理的，但羽扇畢竟不是兵器，沒有什麼附加的武力跟智力效果，那個純粹是遊戲裡的設定。不過也因爲如此，拿著羽扇的形象，變成諸葛軍師的一種風格。梁代時的蕭繹離開荊州時，寫了一首詩告別荊州吏民：

玉節居分陝，金貂總上流。麾軍時舉扇，作賦且登樓。年光徧原隰，春色滿汀洲。日華三翼舸，風轉七星斿。向解青絲纜，將移丹桂舟。（蕭繹〈別荊州吏民〉）

在詩裡蕭繹將自己比擬作寫〈登樓賦〉的王粲，以及統帥軍隊、揮舞著羽扇的諸葛孔明。這也就是古人想像中，帥氣軍師的由來了。當然，我們現在有電風扇、有冷氣，羽扇功能就沒有那麼大，除非是要Cosplay，不然平常應該很少用到羽扇了吧？

05

琵琶

會不會彈不是很重要，
有顏值就60分。
其實姐彈得不是琵琶，是寂寞。

✦樂器有實戰力嗎？

有玩過「眞．三國無雙」的朋友都知道，遊戲裡如大喬、小喬兩姊妹，各種樂器都可以拿來當武器。但現實裡樂器肯定沒有實戰的功能，不過聽到音樂聲，難免衍生出各種感慨，像讀過白居易〈琵琶行〉，就知道老白用了各種華麗的詩句來描寫琵琶的樂聲。

白居易特別會描寫琵琶，就我在全唐詩裡所見，他大概有十幾首提到琵琶的詩，而且這些描寫聲音的段落，都與〈琵琶行〉有點像，像底下這首：

> 四弦不似琵琶聲，亂寫真珠細撼鈴。指底商風悲颯颯，舌頭胡語苦醒醒。如言都尉思京國，似訴明妃厭虜庭。遷客共君想勸諫，春腸易斷不須聽。（白居易〈春聽琵琶兼簡長孫司戶〉）

讀過〈琵琶行〉就會記得像「四弦一聲如裂帛」，「輕攏慢捻抹復挑」，其實與這邊的「四弦」、「指底」都很類似。另外詩人寫到琵琶，必然會想起的典故就是王昭君（明妃）的故事，所以「似訴明妃厭虜庭」這句就是這樣來的。另外還有一首：

> 琵琶師在九重城，忽得書來喜且驚。一紙展看非舊譜，四弦翻出是新聲。蕤賓（蕤賓是十二律之一，為傳統音樂使用的音律）掩抑嬌多怨，散水玲瓏峭更清。珠顆淚霑金捍撥，紅妝弟子不勝情。（白居易〈代琵琶弟子謝女師曹供奉寄新調弄譜〉）

這首詩裡的「琵琶師在九重城」，讓我們想起琵琶女「十三學得琵琶成，名屬教坊第一部」，而「紅妝弟子不勝情」則像是「妝成每被秋娘妒」等等。只能說老白你每天都在聽抖音看妹紙啊（明明就不是）（人家偶爾餘興聽一下而已）。我們知道唐朝國力強盛，唐朝首都長安也是當時的文化交融大城，所以各種胡樂、胡舞、西域的樂器等等都傳了進來，也創造了詩歌文學的盛世。這麼說起來琵琶雖然不能實戰，但卻是個國際知名、具有文化軟實力的樂器捏。

06

金樽美酒

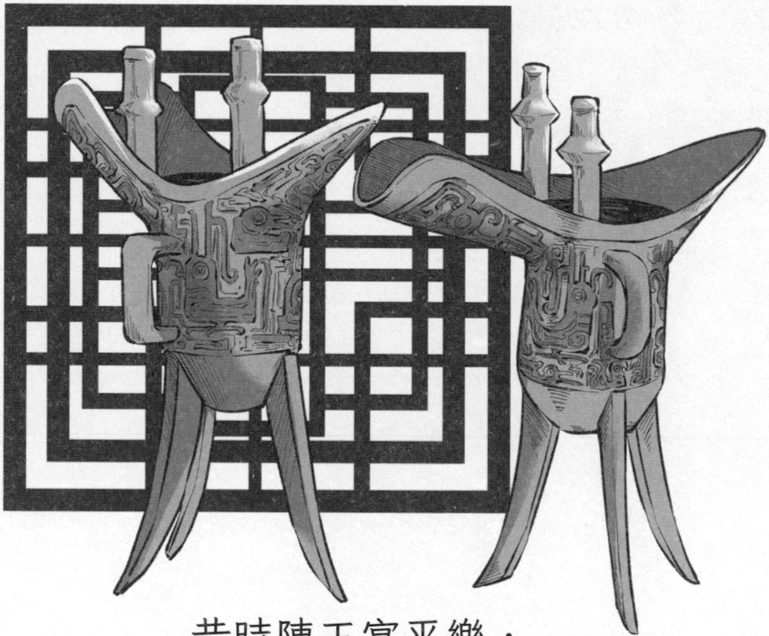

昔時陳王宴平樂，
斗酒十千自歡謔，
一斗酒一萬元，
請問千杯千杯再千杯要多少錢？

✦謎之攻擊力

雖然武俠小說有醉拳等設定，但現實裡文人常拿的酒杯酒瓶，同樣也是沒有戰力的。雖然如此，騎驢、提著葫蘆，沿途吟詩發酒瘋，似乎才是典型的文人形象。在古代文學史裡，除了老陶 aka 五柳先生愛喝酒，我們熟悉的唐朝大詩人李白、杜甫，也都是愛喝聞名，只是他們對美酒的定義不太一樣。

李白的名篇〈客中作〉，寫自己羈旅在外，有家歸不得的心情。這首詩結尾相當巧妙：

> 琵琶美酒鬱金香，玉碗盛來琥珀光，但使主人能醉客，不知何處是他鄉。（李白〈客中作〉）

「但使」就是「假如」、「假使」的意思，只要主人能讓我喝醉，我就會忘了這裡不是他鄉。意思就是自己還喝得不夠茫，時時想到「這裡不是我的家」。我們都說李白是酒鬼，但其實他喝的不是酒，喝的是一種寂寞。像〈將進酒〉最後三句，「五花馬，千金裘，呼兒將出換美酒，與爾同銷萬古愁」，連寶馬、輕裘都可以拿去典當換酒，這麼豁達不羈、錢錢這種酷東西都可以不要的人，到底在愁什麼呢？這就是那種無端、無從排遣的愁緒。

至於咱們杜甫就樸素一點，欸，也不只是樸素，可以說有點沒衛生。像〈客至〉這首大家很熟悉的詩：

> 舍南舍北皆春水，但見羣鷗日日來。花徑不曾緣客掃，蓬門今始為君開。盤飧市遠無兼味，樽酒家貧只舊醅。肯與鄰翁相對飲，隔籬呼取盡餘杯。（杜甫〈客至〉）

「肯與鄰翁相對飲」是問句，就是問客人，願不願意跟隔壁老王一起喝啊，如果可以的話，杜甫說他要「隔籬呼取盡餘杯」（不是被隔離喔），就是隔著籬笆，找隔壁老王，把他們剩下的半杯酒喝光。等等，你有問過隔壁想跟你們間接親吻嗎？

當然，我們現在會想，客人都來拜訪了，沒有什麼好吃的拿來招待就算了（無兼味是說餐桌上沒有兩種以上的佳餚），連酒喝一半還要找隔壁老王撿剩下的，你們這樣不怕染疫嗎？過去詩話認爲，隔壁老王「酒半可呼」，也是鷗鳥一般沒有心機的朋友。知心朋友聚餐，你喝一口我喝一口，多麼和諧多麼基友（？）的景象，只要大家記得喝完要消毒，不要造成群聚就好了。

CHAPTER 4 戰場戰術

✦火牛陣 VS. 火牛陣 V.S. 嘴砲陣，兜幾？

之前「天竺鼠車車」系列的短片爆紅。不過我們知道現實中能當成坐騎的動物其實並不多，要將天竺鼠當成車車是有難度的……像驢、馬或是駱駝自古就被人類當成交通工具使用，至於像牛這樣行動較慢的動物，通常是做爲獸力搬運或耕種，但說起戰國時代最著名的陣法，大家可能聽過火牛陣的故事。

當時燕國大軍進攻齊國，齊國只剩下最後兩個城池，田單死守即墨城，城內已無戰馬，於是火牛陣被發明出來。根據《史記．田單列傳》的記載，這段事蹟非常壯闊：

> 田單乃收城中得千餘牛，為絳繒衣，畫以五彩龍文，束兵刃於其角，而灌脂束葦於尾，燒其端。鑿城數十穴，夜縱牛，壯士五千人隨其後。

禁

牛尾熱，怒而奔燕軍，燕軍夜大驚。牛尾炬火光明炫燿，燕軍視之皆龍文，所觸盡死傷。五千人因銜枚擊之，而城中鼓譟從之，老弱皆擊銅器為聲，聲動天地。燕軍大駭，敗走。齊人遂夷殺其將騎劫。燕軍擾亂奔走，齊人追亡逐北，所過城邑皆畔燕而歸田單，兵日益多，乘勝，燕日敗亡，卒至河上，而齊七十餘城皆復為齊。（司馬遷《史記．田單列傳》）

牛是古代農耕的重要動物，所以家家戶戶幾乎都有養牛。田單爲了突破圍城之困，在城裡徵來一千多頭牛，接著將兵器掛在牛角上，以葦草束在牛尾，放火點燃，可憐的牛牛受熱狂奔，此時五千名壯士跟隨於後。結果是「牛尾熱，怒而奔燕軍，燕軍夜大驚。牛尾炬火光明炫燿，燕軍視之皆龍文，所觸盡死傷。五千人因銜枚擊之，而城中鼓譟從之，老弱皆擊銅器爲聲，聲動天地。燕軍大駭，敗走」。

即便燕軍人數更多，但夜裡遭到突襲，在不知敵方兵馬多少的情況下，只見牛身畫上五彩龍紋，加上牛角又綁著兵刃，於是燕軍死傷大半，其餘散兵游勇皆敗逃。我們知道比起人數多寡，戰爭其實更仰仗氣勢，於是經此一役，戰勢有了逆轉。

而這個大家熟悉「田單復國」故事，其實只說了一半。齊國之所以收復領土，還加上魯仲連的功勞。

當時田單準備收復聊城，但「攻之歲餘，士卒多死，而聊城不下」。這時候魯仲連寫了一封長信，以飛矢射進城內，信裡告訴燕國守將當時的國際情勢，以及各國的歷史典故，最關鍵的是這一段：

燕攻齊，取七十餘城，唯莒、即墨不下。齊田單以即墨破燕，殺騎劫。初，燕將攻下聊城，人或讒之。燕將懼誅，遂保守聊城，不敢歸。田單攻之歲餘，士卒多死，而聊城不下。魯連乃書，約之矢以射城中，遺燕將曰：「吾聞之，智者不倍時而棄利，勇士不怯死而滅名，忠臣不先身而後君。……彼燕國大亂，君臣過計，上下迷惑，栗腹以百萬之眾，五折於外，萬乘之國，被圍於趙，壤削主困，為天下戮，公聞之乎？……」燕將曰：「敬聞命矣！」因罷兵到讀而去。故解齊國之圍，救百姓之死，仲連之說也。（劉向《戰國策．齊策》）

魯仲連提醒燕國將領說，你現在只顧著守城，有沒有想到外面的情況，你們燕國都已經大亂了，君臣都被迷惑了，你還在守什麼鬼？可憐的燕將就此動搖，讀完信之後就退兵了。而《戰國策》認爲：「故解齊國之圍，救百姓之死，仲連之說也。」意思也就是說，這嘴砲破敵之陣，比火牛陣還有效果啊。

當然，如果你問我到底是田單的火牛陣破敵比較強，還是魯仲連的辯論力退敵比較威，我覺得都有貢獻，但田單火牛陣之成功在於奇險，魯仲連則透過辯才，說以利害，不戰而屈人之兵，看起來更和平一些。

當然，以攻城與守城來說，守方承受了更大的壓力，可能彈盡援絕，也可能要背水一戰，所以時空背景未必相同。但我覺得田單與魯仲連復國的方式，給我們一點小啟發就是，有時候不一定要眞刀眞槍，用言語也可以達成效果。結論就是現實戰場殺敵，武力謀略很重要，但要不占而屈人之兵，其實嘴砲力更重要，所以大家不要小看魯仲連以及我們這種文組人的戰力好嗎？

✦八陣圖——奇門遁甲八卦陣？諸葛村夫太神啦！

無論看漫畫還是打電動講到三國故事，都會提到諸葛孔明的「八卦陣」，杜甫也有一首〈八陣圖〉在稱讚孔明「功蓋三分國，名成八陣圖」。連後代編纂的諸葛亮兵書或文集，都煞有介事地將陣型畫出來，仔細說明，什麼「天衡十六陣，居兩端，地軸十二陣，居中間」等等，感覺好像真的可以把陣法復刻出來？

但其實在正史《三國志》的〈諸葛亮傳〉裡，提到八陣圖的段落很少：

（諸葛）亮性長於巧思，損益連弩，木牛流馬，皆出其意；推演兵法，作八陣圖，咸得其要云。（陳壽《三國志・諸葛亮傳》）

翻譯就是諸葛亮是個有小巧思的發明家，自己設計出連弩和木牛流馬，這兩樣大家也都很熟悉，一個是武器，一個是載具。要是在現代孔明大概就是個發明家吧？像賈伯斯或馬斯克這樣，具備創造力的開創者。只是「推演兵法，作八陣圖」之後，也沒有多加說明。

但若我們用八陣或八卦陣搜尋，其實可以看到《後漢書》記載，漢代竇融的曾孫大將軍竇憲，就曾經使用過八陣法，所以八陣圖肯定不是諸葛亮發明的，只是說他是使用這個陣法的人物中，知名度最高的那位。另外當然也是《三國演義》這部小說的推波助瀾了。

在《三國演義》裡寫到八陣的章回題目叫做〈陸遜營燒七百里，孔明巧布八陣圖〉。陸遜在夷陵之戰大勝劉備軍，火燒劉備軍營七百里，正準備大捷而歸，沒想到誤入孔明所布之八陣圖中。《三國演義》畢竟是章回小說，所以增添許多戲劇性，說陸遜想離開此陣，「忽然狂風大作。一霎時，飛沙走石，遮天蓋地。但見怪石嵯峨，槎枒似劍；橫沙立土，重疊如山；江聲浪湧，有如劍鼓之聲。」石堆都成爲人形，陸遜此時才大驚：「吾中諸葛之計也。」

這說起來已經不是行軍布陣，而是妖術了。但這是因爲《演義》的改造，我們讀後來這些三國衍生的故事，才會覺得沒有太違和。陸遜後來如何出陣，可能很多人都聽過，諸葛亮的岳父跑來解說，告訴陸遜這叫「八陣圖」：「反復八門，按遁甲休、生、傷、杜、景、死、驚、開。每日每時，變化無端，可比十萬精兵。」

而孔明還囑咐岳父，等等會有東吳大將迷於此陣中，千萬不要幫忙。但岳父說自己平生好善，不忍見軍陷沒於此，所以將陸遜從生門帶了出來。原來是岳父當了背骨仔啊，所以說自家人最危險。等等，重點放錯了吧。重點應該是兩軍交戰，敵我殊途，就算平生樂善助人，但幫助敵人不就害到自己了嗎？

不過重點是《演義》畢竟只是小說，將歷史人物神化妖化，將這些過去就有的兵法，寫到超現實的層次。我想真實的諸葛亮是個政治家、軍事家，還是個一心匡復漢室（不是匡漢室）的發明家。應該還不至於使用妖術。所以各位讀歷史與小說的時候，對此間的虛實可要有些判斷力才是。

✦退避三舍──「以退為進」算奧步嗎？

一般來說無論是沙場征戰，或是運動競賽，只有尺寸相爭，沒有謙退謙讓的道理。當然有所謂以退爲進，遇強先屈的暗黑兵法，但通常撤退就等於認輸。不過在古代戰場上，也是有講義氣、講承諾更優於勝負的例子。

各位同學如果有聽過「退避三舍」這個成語，這也是一次知名的戰爭與戰術。春秋時代，春秋五霸之一的晉文公重耳，流亡在國外，來到楚國。這時楚王以諸侯之禮相待。重耳因爲之前備受冷落，所以不敢當受。

但沒想到楚成王竟然是別有用心，有點押寶押在重耳身上，期待他回晉國掌權。我們知道有個成語叫「秦晉之好」，秦國與晉國分別在現今中國大陸的山西、陝西，氣候語言風俗都較類似，所以長期有聯姻關係。因此楚成王對重耳的禮遇，也是希望他日後能有所回報。在《左傳》裡原文是這樣說的：

重耳去之楚，楚成王以適諸侯禮待之，重耳謝不敢當。趙衰曰：「子亡在外十餘年，小國輕子，況大國乎？今楚大國而固遇子，子其毋讓，此天開子也。」遂以客禮見之。成王厚遇重耳，重耳甚卑。

成王曰：「子即反國，何以報寡人？」重耳曰：「羽毛齒角玉帛，君王所餘，未知所以報。」王曰：「雖然，何以報不穀？」重耳曰：「即不得已，與君王以兵車會平原廣澤，請辟王三舍。」（左丘明《左傳．僖公二十三年》）

楚成王就問重耳了：「如果你能回到晉國，掌握大權，當上晉國國君，你要怎麼回報寡人咧？」重耳說：「這些器物財寶您都有剩了，我不知道怎麼回報您。」楚王說：「雖然如此，但還是得有個說法吧？」於是重耳就說了：「若不得已晉國與楚兵戎相見，就讓我避王三舍吧。」一舍是三十里，三舍就是九十里，這在戰場上，已經是非常給面子的應對了。

不過當時的楚國有個將領叫子玉的，聽完這話就氣噗噗了。子玉說，你重耳現在就是個流浪漢，周遊列國，但咱們楚王對你不薄，你竟然如此出言不遜，來啊楚王，把他拖出去斬了。

但還是楚王有遠見，說晉公子重耳是個賢人，只是在國外流亡久了，但跟隨他的人也都是國家的棟樑，這是天命啊，我們怎麼可以殺了他呢？所以這個「退避三舍」的約定就成了。

等重耳回到晉國即位，就是我們熟悉的晉文公。後面的故事大家想必聽過了。晉楚交戰，晉文公重耳信守當年的約定，兩軍交戰前晉軍退避三舍，以回報楚王之恩。這個故事如果說有給我們什麼啟發大概就是：有時候雖然有自信，但也不要把話說的太滿，像重耳那樣，差點遭來殺身之禍。但有的時候雖然得到別人的施恩，要時時想著找機會回報，而不要只是單方面占人家便宜，我覺得這才是交朋友的最好方式吧。

✦一鼓作氣──「一股氣」還是「一鼓作氣」？

前面我們介紹的戰術是一種謙讓的示範，但以退爲進也是有巧妙獲勝的例子，像是知名的曹劌論戰。當時齊魯交戰，魯莊公準備應戰，曹劌來求見：

公將鼓之，劌曰：「未可」。齊人三鼓。劌曰：「可矣」。齊師敗績。公將馳之，劌曰：「未可。」下視其轍，登軾而望之，曰：「可矣。」遂逐齊師，既克，公問其故。對曰：「夫戰，勇氣也，一鼓作氣，再而衰。三而竭。彼竭我盈，故克之。夫大國難測也，懼有伏焉，吾視其轍亂，望其旗靡，故逐之。」（左丘明《左傳．莊公十年》）

當時魯國鄉民跟曹劌說：「已經有吃肉的人（指高官）幫魯公出謀劃策了，不需要你啦。」曹劌說：「那些高官沒遠見。」於是他就提出自己高妙的戰術，就是所謂的「一鼓作氣」。什麼叫一鼓作氣呢？各位要知道古代戰場上沒有無線電或手機這種設備，只能靠原始的聲音傳導，所以聽到鼓聲就要進擊，聽到鳴金則收兵。

曹劌一開始請魯公按兵不動，但魯公打算進攻了，曹劌說還不行，等到齊人敲了第三次鼓，魯軍才回擊，結果打贏了。魯公想要追擊，曹劌又說還不行，等到他從戰車上看齊軍戰車撤退的軌跡，看完後才說可以追擊。

打贏之後魯公問曹劌，剛剛是怎麼判斷的呢？曹劌說戰爭就是「勇氣」，要注意的是這邊的勇氣與現代梁靜茹的〈勇氣〉概念不太一樣，並不是一個名詞，而是勇之氣的複合詞。也就是說戰爭靠著是一股猛勁，第一次攻擊時敵方氣勢正盛，但到了第二輪、第三輪，氣勢就盡了。而敗逃的時候可能是佯敗，但看過齊軍撤退的車軌已經混亂了，才確定可以追擊。

曹劌的這次勝戰，與其說他提出了某種兵法或權謀，倒不如說他非常善於觀察細節與氣勢的逆轉。有時候氣勢或敗績不仔細觀察是看不出來的，只有能敏銳覺察空氣的人，能夠見微知著，掌握氣勢微妙的改變，察言觀色的重要，也是曹劌予我們現代的啟發。

✦紙上談兵──紙上談兵有啥P用？

最近因為兩岸的關係比較緊張一些，電視上常常有些軍事專家在分析時局。當然我們都不樂見戰爭發生，但在真正發生之前，一切都僅是「紙上談兵」。

如果各位上網搜尋「紙上談兵」這個成語，會查到出自《史記》的〈廉頗藺相如列傳〉。原文是這樣說：

七年，秦與趙兵相距長平，時趙奢已死，而藺相如病篤，趙使廉頗將攻秦，秦數敗趙軍，趙軍固壁不戰。秦數挑戰，廉頗不肯。趙王信秦之閒。秦之閒言曰：「秦之所惡，獨畏馬服君趙奢之子趙括為將耳。」趙王因以括為將，代廉頗。藺相如曰：「王以名使括，若膠柱而鼓瑟耳。括徒能讀其父書傳，不知合變也。」（司馬遷《史記．廉頗藺相如列傳》）

廉頗是趙國名將，「負荊請罪」就是講他與藺相如的故事。而如果再細查這個典故，是說趙括自幼說得一嘴好兵法，連父親趙奢都說不過他。但當趙括取代廉頗當了趙國大將後，在長平之戰慘敗，趙軍共四十萬人被坑殺。

這件事最後有一段藺相如的評論：「藺相如稱趙括徒讀父書傳，不知合變也」，就是說趙括學了很多兵法但只是死讀書，不知變通，最後導致戰敗。

不過讀完《史記》這一段原文，我們應該會有幾個疑惑，首先完全沒看到「紙上談兵」這四個字，跟想像中的成語出處不太一樣；其次是造紙術要到東漢才發明出來，無論是廉頗藺相如的時代，或司馬遷的時代，距離「紙」的發明還很遙遠。

於是我再去查了幾個辭典版本，查到這個成語的原文，要晚到曹雪芹的《紅樓夢》，以及李寶嘉的《官場現形記》裡才眞正看到。如果是清代才有說起來也合理，因爲這個成語相較來說更爲近代感。

我們現在談到古文或文言文經常會有一個想像，就是在白話文之前的所有語體都是文言文。但事實上不同時代的古文距離現代的程度與難易度都有區別，譬如明清易於唐宋，而唐宋又易於先秦漢魏六朝。因爲每個時代語彙都在變化。因此所謂典故出處，有時是原文挪用，有時則是後代爲了解釋歷史事蹟而創出來的用語，這是我們在論「出處」時必須注意的。

CHAPTER 5

歷史知名戰役

✦ 赤壁之戰

戰役簡介：建安十四年（西元二一一年），曹操在荊州投降之後，鐵騎揮軍南下，與東吳的水軍在赤壁展開決戰，史稱「赤壁之戰」。由於曹軍爆發瘟疫，加上東吳火攻，曹操退兵，也確立了其後天下三分的局勢。

聽說手遊裡最受歡迎的莫過於三國遊戲，從抽卡、城戰到塔防什麼類型都有，你若也是三國粉，玩過三國類型的遊戲，就一定聽過大喬、小喬這兩位東吳美女。

根據《三國志．周瑜傳》，孫策攻荊州，當時「橋公二女，皆國色也。策自納大橋，瑜納小橋。」到了唐朝杜牧有一首〈赤壁〉詩：「折戟沉沙鐵未銷，自將磨洗認前朝。東風不與周郎便，銅雀春深鎖二喬。」詩的意思說如果周瑜沒有東風之勢，則不能火攻曹操，那麼孫策與周瑜的夫人——大喬與小喬，就要被曹操收進自己後宮了。

只是這首詩到了宋代，有評論家持不同意見。許彥周說：「孫氏霸業繫此一戰，社稷存亡，生靈塗炭都不問，只恐捉了二喬，可見措大不識好惡。」「措大」是書呆子的意思，此處就是罵杜牧。如果赤壁之戰東吳打輸了，那麼整個江東將陷入戰火，但杜牧竟然只擔心二喬被曹操捉走，真是不知輕重。

當然，宋人談詩比較務實，到了清代詩話裡，許彥周又被打臉了——賀貽孫《詩筏》說杜牧刻意將焦點寫到了江東二喬，「變覺風華蘊藉，增人百感」，如果只是寫戰爭輸贏或東吳霸業，那就沒有這種詩意與隱喻；而紀昀說：「大喬孫策婦，小喬周瑜婦，二人入魏則吳亡可知。此詩人不欲直言，變其詞耳。」意思就是說二喬都被鎖進銅雀臺，那東吳當然就滅亡了，所以許彥周不懂這種文學的曲折。

確實，文學可以寫實也可以想像，但有時候曲折婉轉，反而能呈現出詩意的幽微，這是我自己讀杜牧〈赤壁〉詩裡的體會。有時爲了寫實或邏輯，反而失去文學歧義卻充滿想像的那一面。

✦ 赤壁之戰後，瘟疫來了

這幾年新冠病毒爆發，很多人都感到焦慮不安。其實人類對抗流行疫病有著漫長的歷史，但即便醫學進步，有些根深柢固的偏見與歧視仍然難以擺脫。在東漢末年的建安二十二年（西元二一七年），也就是赤壁之戰結束沒多久，北方就爆發疫病，當時的才子曹植寫了一篇〈說疫氣〉的短文，他對疫情的流行有獨特的見解：

> 或以為疫者，鬼神所作。人罹此者，悉被褐茹藿之子，荊室蓬戶之人耳。若夫殿處鼎食之家，重貂累蓐之門，若是者鮮焉。（曹植〈說疫氣〉）

「被褐茹藿之子」、「荊室蓬戶之人」指的是低端人口、中下階層，而「殿處鼎食之家，重貂累蓐之門」則是富貴人家，社經地位高端的階層。曹植認爲低端人口比較容易得病，雖然這以傳染病學或公共衛生的角度來說可能未必正確，且帶有偏見，但或許以疫病剛發生來說確實是事實，因爲對低端人口而言，一來生活空間狹窄過度群聚，二來衛生條件差病菌容易滋生，疫病快速蔓延是可想而知的。

但這場瘟疫後來的發展卻還是影響到了上層階級，建安七子其中的四位都在這次瘟疫裡過世了，幾年後曹丕在〈與吳質書〉裡，追悼他和幾位文友的往事說：

> 昔年疾疫，親故多離其災，徐陳應劉，一時俱逝，痛可言邪！昔日遊處，行則連輿，止則接席，何曾須臾相失。每至觴酌流行，絲竹並奏，酒酣耳熱，仰而賦詩，當此之時，忽然不自知樂也。謂百年己分，可長共相保。何圖數年之間，零落略盡，言之傷心。（曹丕〈與吳質書〉）

我們知道建安七子之中，劉楨以詩歌聞名，而徐幹著有《中論》成一家之言，陳琳則長於章奏的應用文書。如果他們沒有染疫而逝，或許我們會讀到更多建安風骨的文章。

所以在非常時期，我們不能僅從自己的角度，批評別人造成防疫破口之類的。階級與環境造就人與人的差異，曹植批評低端人口只會求助鬼神，但在肆虐的疫情之下，無助的百姓又能做什麼呢？在瘟疫蔓延的時代，更可能展現人性的自私，所以在這種危難的時刻，同理心其實更顯重要了。

✦ 古人驅疫小撇步

在新冠病毒壟罩全球的這幾年，全世界好像都活在病毒不斷變種的恐懼中，但其實各位也無須太沮喪，畢竟人類與病毒作戰，早就是一段漫長的過程。

古代當然還無法觀測病毒、細菌這些微生物，因此古人將瘟疫當成疫癘，當成一種毒或類似詛咒的神祕主義威脅。也因此，會有一些超自然的方式來驅疫避邪。舉例來說，因為流行病大多在秋冬季爆發，所以像入秋或歲暮，就是古人經常用來驅逐瘟疫，保庇健康的重要時間，那麼實際上要如何來驅疫呢？

《齊民要術》引用《雜五行書》有個說法：「正月旦，以麻子二七顆，赤小豆七枚，置井中，辟疫病，甚神驗。」同時又說：「正月七日，七月七日，男呑赤小豆七顆，女呑十四枚，竟年無病，令疫病不相染。」

這是什麼意思呢？「正月旦」就是大年初一，要把十四顆麻子、七枚赤小豆放在井裡，以此來「厭疫」（壓制瘟疫），聽說非常的靈驗。另外呢也可以在大年初七或七月七日的七夕之時，男生呑紅豆七顆，女生呑十四顆，

就可以保障整年不會染疫。

這當然可能沒有科學根據，只能說類似某種儀式。但我們知道醫學上有所謂安慰劑效應，所以也不是說完全沒效果。

另外根據《荊楚歲時記》，初一爲雞，初七才變成人，因此初七稱爲「人日」。至於若想要預防染疫，當時傳說選在「今正、臘旦」，「門前作煙火、桃人，絞索松柏，殺雞著門戶逐疫」，在十二月初一或新年的頭一天，在門口放煙火、作桃人，殺雞，如果覺得殺活雞放在門口太血腥太殘忍，也可以「帖畫雞」於門戶上，這就變成我們現在的門神啦。

跟現代相比，古代的醫藥知識可說非常落後，所以只能從這種神祕的角度，或儀式的方式來理解瘟疫，並試圖對抗流行病毒。唐朝的一位醫者巢元方在《諸病源侯論》裡，對傳染病有某種揣測，他說：「人有染疫癘之氣致死，其餘殃不息，流注子孫親族，得病證狀，與死者相似，故名爲殃注。」

因爲以前還不懂什麼飛沫傳染、空氣傳染等差別（當然也不知道戴口罩的好處），但卻也發現到有傳染病的狀況，所以他就推測人染疫而死之前，他的最後一口氣（「餘殃」）還會造成禍事，若這氣流轉注入到了子孫親族，他們得病的徵狀也會與死者很類似，這就稱爲「殃注」，所以他提醒行醫者，一定要避免這種「殃注」的流傳（也就是要戴口罩與隔離啦）。

所以各位可以注意到，古代雖然沒有現代的醫療知識，但對傳染病仍有一定的防範。我們現代已經有那麼多明確防範病毒的措施，大家更要注意個人衛生，做好自我防疫，也希望早日驅逐瘟疫，喚回大家原本正常的生活模式。

✦ 淝水之戰

戰役簡介：淝水之戰發生在東晉太元八年（西元三八三年）。由謝安、謝玄等東晉名將所主導，是少數能以少勝多，並由南方戰勝北朝的重要戰役。此後也確立東晉的偏安格局。

我們現在都以爲木屐是日本人的傳統鞋款，其實源自古代中國。六朝士人基本上習慣穿著木屐行動，最誇張的是山水詩人謝靈運還穿著這樣的裝備跑去登山，如果發生在我們現代，做這種有違登山常識的事，早就被網友給罵翻了。

《宋書．謝靈運傳》說謝靈運與他的隨從：「尋山陟嶺，必造幽峻，巖嶂千重，莫不備盡。登躡常著木屐，上山則去前齒，下山去其後齒」，意思是他們一群人到處攀山越嶺，由於山路崎嶇，爲了增加摩擦阻力，上山削去木屐的前齒，下山則削去後齒，怎麼不乾脆把兩齒都削平，直接當作踩滑板滑下去？我是開玩笑的。後來李白有首詩〈夢遊天姥吟留別〉：「腳著謝公屐，身登青雲梯」，「謝公屐」指的就是謝靈運當時發明的這種增加抓地力木屐。

說起六朝的謝氏一族，與木屐也是關係密切。謝靈運的先祖、東晉名將謝安，在淝水之戰獲勝之後，收到戰情報告，當時他正在與賓客下棋。看完信後謝安毫無反應，賓客忍不住探問戰況，他才隨口應了一句：「小兒輩大破賊」，意思是我們家小朋友打贏了。但說這話時，「意色舉止，不異於常」，神色自若。

根據《晉書》，這整件事是這樣寫的，謝安先和外甥羊曇以別墅爲賭注，賭了一盤棋，在把別墅送給外甥之後，就出去散步，散步回來指派好軍隊布陣，之後戰報才被送進來：

（謝）安顧謂其甥羊曇曰：「以墅乞汝。」安遂游涉，至夜乃還，指授將帥，各當其任。玄等既破堅，有驛書至，安方對客圍棊，看書既竟，便攝放牀上，了無喜色，棊如故。客問之，徐答云：「小兒輩遂已破賊。」既罷，還內，過戶限，心喜甚，不覺屐齒之折，其矯情鎮物如此。以總統功，進拜太保。（房玄齡《晉書・謝安傳》）

而「既罷還內，過戶限，心喜甚，不覺屐齒之折。其矯情鎮物如此」這幾句話，是本來《世說新語》裡沒有的段落。《晉書》的意思是因為謝安太興奮，但在公眾場合又要壓抑自己，表現出六朝名士的假掰，最後才會在回家過門檻時，把木屐踩斷了。不過學者對《晉書》的說法有些懷疑，畢竟在公開場合，謝安神色不異於常，但回到家裡發生的事，是誰親眼看到或流傳開的呢？但無論如何，我們可以從木屐這樣的裝備，一窺六朝士人的風雅生活。想像詩人穿著木屐登山，並寫下如此纖麗濃豔的山水詩，那是何等的神韻與風流。

✦ 侯景之亂

戰役簡介：太清二年（西元五四八年）十二月侯景叛變，圍攻當時建康城（即現在之南京），圍城百日，隔年三月建康城破，梁武帝被囚禁以至於餓死。由於戰爭與疫病爆發，建康城破後人口不到原本的十分之一。

這幾年我們對流行病、瘟疫的可怕肯定不陌生。但在古代醫藥技術落後的時代，對於這種大範圍的傳染病，執政者與百姓更可說是束手無策。

梁末爆發的侯景之亂，雖然可能不算非常知名的戰役與動亂，但它伴隨著可怕的傳染病並被記載下來。一方面有戰事，衛生條件就會變差，再加上軍隊裡群聚感染，所以瘟疫很快就蔓延開來。根據《梁書》的記載是這樣：

（侯景）景又遣于子悅至，更請和。遣御史中丞沈浚至景所，景無去意，浚固責之。景大怒，即決石闕前水，百道攻城，晝夜不息，城遂陷。……初，城中積屍不暇埋瘞，又有已死而未斂，或將死而未絕，景悉聚而燒之，臭氣聞十餘里。尚書外兵郎鮑正疾篤，賊曳出焚之，宛轉火中，久而方絕。（姚思廉《梁書・侯景傳》）

當時建康城內「城中積屍不暇埋瘞」，因爲戰死病死的屍體已經太多，根本來不及埋葬，甚至已死但還沒入殮的，將死還沒有氣絕的，被殘忍的侯景全部送去焚燒，結果十餘里外都能聞到焚燒屍體的臭氣。甚至當時有一個尚書郎，叫做鮑正，病情嚴重，根本下不了床，竟然被侯景叛軍給拖出來，丟進火中，直接燒毀，場景宛如人間煉獄。

除此之外在圍城時，侯景先用火箭攻城，後來還把護城河的堤壩拆毀，讓水淹進城內，也就在這恐怖的水淹火燒之中，當時梁朝最大的城市、也是首都的建康城陷落了。

根據宋代司馬光的《資治通鑑》記載，當初封城之時，建康城裡的男女還有十幾萬人，士兵則有兩三萬，但「被圍既久，人多身腫氣急，死者什八九，乘城者不滿四千人」。至於加入侯景的叛軍則不斷增長，建康城破之後，當時在位的梁武帝接見侯景，問侯景說，當初渡江有多少人追隨你呢？侯景說大概千人。梁武帝又問，那到了圍城的時候呢？侯景說十萬人。最後再問，現在有幾人追隨你？侯景回答「率土之內，莫非己有」，意思就是我攻下首都之後，全天下的人民都改而追隨我了。最後梁武帝低下頭再無話可說了。畢竟失去民心之後，皇帝的神聖地位也就隨之喪失了。

中國古代雖然是君主集權與世襲，但當君主失去民心之後卻又很容易被取而代之。所以百姓都只能期許明君聖王而不要發生動亂。雖然跟我們現代體制不同，但對百姓人民來說，追求安穩生活的願望是不曾改變的。所以雖然疫情期間，要戴口罩、掃實聯制等等的措施很不方便，但爲了避免更恐怖的慘劇發生，還是乖乖照做好了。

✦ 安史之亂

戰役簡介：天寶十四年（西元七五五年），平盧、范陽等三郡節度使安祿山與副將史思明反叛，攻陷長安，故稱為「安史之亂」，唐玄宗出逃，唐代從此由盛轉衰。

杜甫在〈茅屋為秋風所破歌〉裡有一句「自經喪亂少睡眠」，白話翻譯就是「自從經歷過安史之亂後，我就很難入睡」，無奈當晚他老人家又遇到屋漏雨破的窘境，只能說慘兮兮。

我們歷史課會講到「安史之亂」是讓唐朝由盛轉衰的大事，從盛唐到中唐的詩人，也有許多詩篇在敘述安史之亂，無論是親身經歷或輾轉聽聞。像中唐詩人白居易〈長恨歌〉裡的名句：「漁陽鼙鼓動地來，驚破霓裳羽衣曲」，寫來雖委婉晦澀，但說的就是安史之亂爆發，玄宗往四川出逃的過程：「九重城闕煙塵生，千乘萬騎西南行」。

即便到老白的年代，安史之亂已經落幕幾十年了，但他還是經常藉著遺老的口述，回憶那個喪亂的大時代，譬如這一首〈江南遇天寶樂叟〉，「白頭病叟泣且言，祿山未亂入梨園。能彈琵琶和法曲，多在華清隨至尊」。白髮阿伯哭著說自己在喪亂前進了梨園，追隨玄宗，而長安現況如何？白頭老樂工說：「我自秦來君莫問，驪山渭水如荒村」，當年崤函之固、三成帝畿的長安，竟然成了荒涼廢村，著實令人感慨。

而在〈連昌宮詞〉裡，白居易同樣從回憶者的角度，寫：「明年十月東都破，御路猶存祿山過」，「爾後相傳六皇帝，不到離宮門久閉」，由於盛世已過，國力不若以往，離宮無法繼續經營，終成了寥落之館，宮門久閉而不再開了。我們現在身處太平盛世，難以想像一旦朝市傾淪，家國動盪的慘況，但禍患與喪亂卻又往往是如此猝不及防，所以居安思危，鑑古知今，這也是歷史給予後人最重要的啟示。

✦再作點補充

杜甫的〈茅屋爲秋風所破歌〉是非常有名的社會關懷詩歌，杜甫在四川草堂的茅屋，屋頂由於不敵秋天狂風而被吹落，並被頑童搶走。但他沒有怨天尤人，反而發揮了推己及人的胸懷，希望苦身以利人，願天下受凍之寒士皆有屋可住，這樣的胸襟實在讓人欽佩：

> 八月秋高風怒號，捲我屋上三重茅。茅飛渡江灑江郊，高者掛罥長林梢，下者飄轉沉塘坳。南村群童欺我老無力，忍能對面為盜賊。公然抱茅入竹去，脣焦口燥呼不得，歸來倚杖自歎息。
>
> 俄頃風定雲墨色，秋天漠漠向昏黑。布衾多年冷似鐵，嬌兒惡臥踏裏裂。床頭屋漏無乾處，雨腳如麻未斷絕。自經喪亂少睡眠，長夜霑溼何由徹？安得廣廈千萬間，大庇天下寒士俱歡顏，風雨不動安如山。嗚呼！何時眼前突兀見此屋，吾廬獨破受凍死亦足。（杜甫〈茅屋為秋風所破歌〉）

✦ 靖康之難

> **戰役簡介：北宋徽宗年（西元一一二一年），欽、徽二宗遭到北擄，史稱「靖康之難」，或「靖康之亂」。岳飛〈滿江紅〉裡的「靖康恥，猶未雪」即是指此役。**

戰爭當然很殘酷，但正因爲這些災禍，讓文人身經離亂，對生命有了更深刻的感受，得以創作出壯闊動容的作品。這也就是所謂的「國家不幸詩家幸」。

北宋末靖康之難爆發，欽、徽二宗遭北擄，原本歌舞昇平的北宋都城汴京，一夜之間遭逢干戈之禍。在孟元老《東京夢華錄》的序言裡，將禍亂前後的生活作了對照。作者說自己年少來到汴京，所見的情況是這樣：

僕從先人宦遊南北，崇寧癸未到京師，卜居於州西金梁橋西夾道之南。漸次長立，正當輦轂之下，太平日久，人物繁阜，垂髫之童，但習鼓舞，班白之老，不識干戈，時節相次，各有觀賞。燈宵月夕，雪際花時，乞巧登高，教池游苑。舉目則青樓畫閣，繡戶珠簾，雕車競駐於天街，寶馬爭馳於御路，金翠耀目，羅綺飄香。新聲巧笑於柳陌花衢，按管調弦於茶坊酒肆。八荒爭湊，萬國咸通。集四海之珍奇，皆歸市易，會寰區之異味，悉在庖廚。花光滿路，何限春遊，簫鼓喧空，幾家夜宴。（孟元老《東京夢華錄》）

「漸次長立，正當輦轂之下」，「太平日久，人物繁阜。垂髫之童，但習鼓舞；班白之老，不識干戈」，都是非常太平的景象，由於北宋已有兩百年的太平時光，因此兒童只知學習歌舞，白髮老人也不知戰爭爲何物。

而這些太平盛世的人們，過的是怎樣的生活呢？他們在元宵節賞燈，七夕時乞巧，舉目都是青樓畫閣，沿街都是雕車寶馬、奧迪賓士，不，這裡的寶馬雕車是指眞的馬車，但你可以想像就是一幅富庶又繁華的陽春好景，一如清明上河圖裡祥和安穩的模樣。

可是戰亂爆發之後又如何呢？《東京夢華錄》對照寫到：

一旦兵火，靖康丙午之明年，出京南來，避地江左，情緒牢落，漸入桑榆。暗想當年，節物風流，人情和美，但成悵恨。（孟元老《東京夢華錄》）

「桑榆」是形容晚年，作者說自己靖康難後到了江南，暗想當年的節令，以及那些伴隨節令時風流典雅的傳統，如今都已經隨著流離失所而喪失了，於是只能獨自悵恨。但我覺得也正因爲經歷這些喪亂，於是文人想起要把自己曾經見證過的太平盛世記錄下來，於是我們也得以看到這些盛世與亂世不同時代的人們，努力生活的面貌。

有的時候我們過慣太平日子，難以想像戰亂爆發、顛沛流離的生活，不知道該說幸運還是不幸，有這些經歷苦難的人，先替我們經歷了一遍，所以我們一方面旁觀他人的痛苦，另一方面也祈求能夠不要重蹈覆轍。

CHAPTER 5

成就解鎖

01

君王＋名馬＝項羽誕生

我們雖然都覺得專制政權有其缺點，但古典時代非常推崇所謂的「明君」、「聖王」，古代典籍也總是引述「堯舜禹湯」。當君王感覺是超級爽，不過也背負了許多重大的責任。由於君王是世襲制，只是在儒家文化裡，如果做得不好，不只是民調低或被罷免而已。我們知道孟子的學生問孟子：「湯伐桀」、「武王伐紂」，這種臣弒君的行為是可以容許的嗎？孟子回答說：我只聽過一個普通人「紂」被幹掉，沒聽過有人弒君啊。

意思就是說，如果君王當的不好，就直接被臣下給推翻了。到了秦漢帝國，君主的權力又更大，唐代才開始設置如「左拾遺」、「右補闕」這些官職，專門跟在君王身邊勸諫君王。總之眞的抽到君王了，就要努力當個明君聖主，不然後果可是很嚴重的。

以歷史上的君主霸王來看，眞正有武力、有名騎、有戰功的明星，應該就是我們首章介紹的西楚霸王項羽了。其實項羽並不算眞正登上帝位，但在司馬遷的《史記》裡以〈項羽本紀〉來紀錄他的事蹟，將之視爲帝王。在《史記》裡對項羽的開場介紹是這樣寫的：

項籍者，下相人也，字羽。初起時，年二十四。……項籍少時，學書不成，去學劍，又不成。項梁怒之。籍曰：「書足以記名姓而已。劍一人敵，不足學，學萬人敵。」於是項梁乃教籍兵法，籍大喜，略知其意，又不肯竟學。……籍長八尺餘，力能扛鼎，才氣過人，雖吳中子弟皆已憚籍矣。（司馬遷《史記・項羽本紀》）

前面我們說過項羽「力能扛鼎」，加上他身長八尺（約一百九十公分），學書學劍都沒有太大的興趣，還嘴叔叔項梁說：「讀書只是默寫沒啥用，學劍也頂多一對一單挑，沒辦法以一擋萬。」從小就展現了不凡的氣魄。

由於司馬遷很同情項羽，所以在描寫垓下之圍、四面楚歌的情境，也非常生動且深刻：

項王軍壁垓下，兵少食盡，漢軍及諸侯兵圍之數重。夜聞漢軍四面皆楚歌，項王乃大驚曰：「漢皆已得楚乎？是何楚人之多也！」項王則夜起，飲帳中。有美人名虞，常幸從；駿馬名騅，常騎之。於是項王乃悲歌慨，自為詩曰：「力拔山兮氣蓋世，時不利兮騅不逝。騅不逝兮可柰何，虞兮虞兮柰若何！」歌數闋，美人和之。項王泣數行下，左右皆泣，莫能仰視。（司馬遷《史記．項羽本紀》）

項羽的軍隊被劉邦與其他諸侯圍困在垓下，半夜四面皆唱楚歌。項羽大驚，以爲自己的故鄉楚國已經被劉邦給攻下了（其實只是漢軍的心戰喊話），感到大勢已去，於是隨口唱了一篇自己賦的詩歌，就是有名的「力拔山兮氣蓋世」。曾經差一步統治天下的項羽，最後只剩名馬烏騅與美人虞姬跟隨，這樣的形象成爲日後許多戲曲、小說的典型。

都說人生自古誰無死，但又說死有輕如鴻毛、有重於泰山。像項羽這樣轟轟烈烈的成就，雖然沒有眞正建立自己的帝國，但在歷史上也算空前絕後了吧。

02

貴族＋羽扇＝諸葛村夫

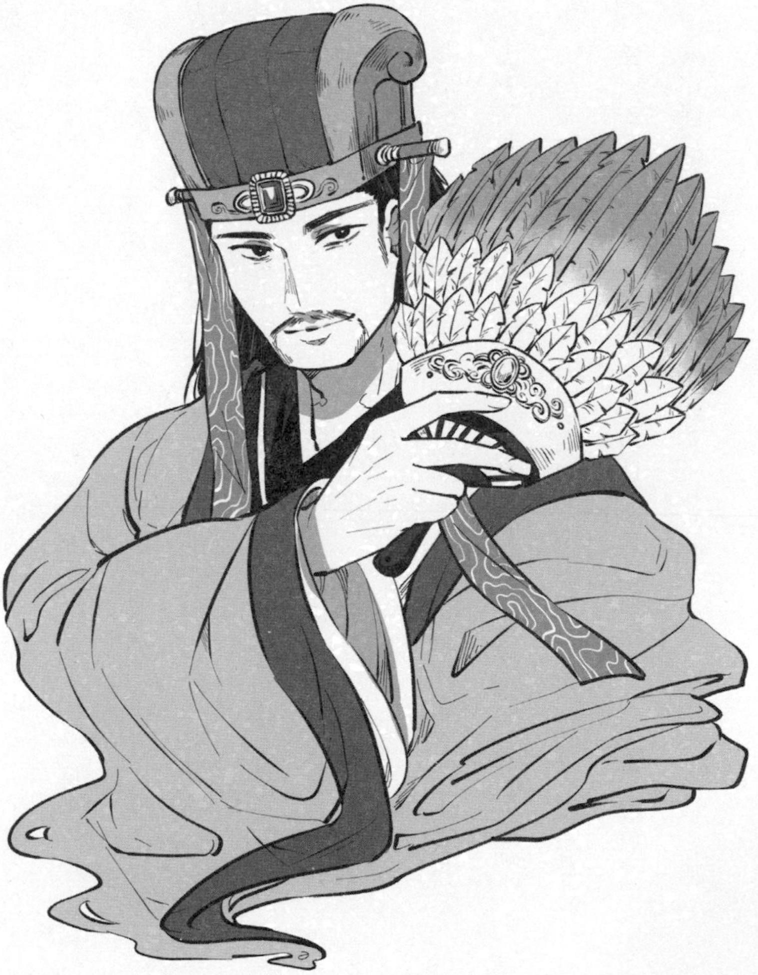

我們都說中國古代是封建制度，但其實眞正推行封建制度是在夏商周這所謂的上古時代。在介紹孔子身世時我們提過，孔子是沒落貴族的後代，在諸侯、大夫與士的階級分配裡，就算是貴族也可能逐漸沒落。

兩漢到魏晉時期門閥士族開始興起，其實仍然是封建的延伸，某個家族、某個郡望世世代代都是世襲爵位與地位，這就形成了貴族的穩定結構。當然，雖然都是貴族，還是有大小門第的區別。像我們知道六朝就以王、謝兩家最爲知名，劉禹錫有首詩說：「舊時王謝堂前燕，飛入尋常百姓家」，就表示王家與謝家可不是尋常的百姓。

相較六朝的門閥政治，隋唐之後的貴族就有了改變，雖然還是有關中、隴西等士族，但科舉逐漸成爲士人晉身官宦門第的主流。當然啦，我們現在都說中國古代的科舉制度很公平，其實也不盡然。就像以前的聯考，現在的學測與推甄、分科一樣，科舉之外，士人也可以依靠獻賦或祖蔭，靠祖上都任官而當個一官半職，只能說家庭背景，社會經濟地位，會影響下一代的出身，這在每個時代都是如此。宋代之後科舉的規模更大，元代因爲是蒙古族統治中原，所以科舉舉罷不時，漢人或南人就算要任官，也頂多只能當副官。明清之後就開始所謂的八股文取士，晉身貴族得先會這一套駢文的寫作方式。所以說在每個時代要當貴族，也沒多容易咧。

如果要想一個首抽庶民，後來翻身成爲貴族的例子，大概就是諸葛村夫孔明軍師了吧。《三國志》裡的諸葛亮其實沒有後來的演義或小說那麼浮誇。他的叔叔諸葛玄原本依附劉表，但諸葛村夫可能覺得劉表成不了事，所以叔叔過世他就開始 cosplay 村夫：

> 諸葛亮字孔明，琅邪陽都人也。……亮早孤，從父玄為袁術所署豫章太守，玄將亮及亮弟均之官。會漢朝更選朱皓代玄。玄素與荊州牧劉表有舊，往依之。玄卒，亮躬耕隴畝，好為梁父吟。身長八尺，每自比於管仲、樂毅，時人莫之許也。……時先主（劉備）屯新野。徐庶見先主，先主器之，謂先主曰：「諸葛孔明者，臥龍也，將軍豈願見之乎？」先

主曰：「君與俱來。」庶曰：「此人可就見，不可屈致也。將軍宜枉駕顧之。」由是先主遂詣亮，凡三往，乃見。（陳壽《三國志》）

後來就是大家很熟悉的徐庶引薦孔明當軍師，劉備「三顧茅廬」拜會孔明的故事。不像小說裡使妖術、會天變，羽扇綸巾、運籌帷幄，這些在正史裡都沒有提到。《三國志》唯一提到孔明比較特殊的才能，只有他的小發明：

亮性長於巧思，損益連弩，木牛流馬，皆出其意；推演兵法，作八陣圖，咸得其要云。（陳壽《三國志》）

連弩、木牛流馬，以及八陣圖等兵法，確實是諸葛村夫的發明，但是不是真的能夠運用在實戰就不確定了。整體來說呢，先擱置小說、演義、遊戲裡諸葛亮的呱張（誇張）形象，他就是一個爲國家鞠躬盡瘁的輔佐者，偶爾也兼職當一下發明家，差不多就這樣了。所以雖然等級封頂練成SSR五星孔明，但也不用太高興齁。

03

美人＋琵琶＝瘋批美人昭君

我們現在對美人有很多形容詞或成語，正面的像是「沉魚落雁」、「傾國傾城」，負面的也有「紅顏禍水」、「東施效顰」等等。但就像我們前面介紹的，一般講到美人，多半是充滿了遺憾。一方面紅顏薄命，美人難免遭到利用，像西施被進獻給吳王，貂蟬用來當作挑撥董卓與呂布的棋子，而王昭君最慘、無奈之下被嫁與匈奴單于，肩負著和親的任務。歷來說到昭君都是「恨」啊「怨」的，而這些「明妃怨」的始祖，一般認爲出於西晉的富豪石崇。因爲石崇有錢之外，還有能歌善舞的愛妾綠珠。根據《樂府詩集》，明妃曲就是製作給綠珠來演唱的：

我本漢家子，將適單于庭。辭訣未及終，前驅已抗旌。僕禦涕流離，轅馬悲且鳴。哀鬱傷五內，泣淚沾朱纓。行行日已遠，遂造匈奴城。……昔為匣中玉，今為糞上英。朝華不足嘉，甘與秋草並。傳語後世人，遠嫁難為情。（石崇〈明妃曲〉）

意思就是自己本來是漢家的兒女，無奈要被嫁去給匈奴單于，臨行還沒出發呢，僕從已經涕淚縱橫（廢話人家也被你害到要一起去北方苦寒之地），連馬匹都發出悲鳴。之前在漢家像是匣裡的美玉，現在成了米田共，喂不是啦，古文的「糞」是穢土的意思，這邊是說成了荒土上的花。就像早上出生的花朵很快就要和秋草一樣凋零了，所以希望把這首曲子流傳下去，讓大家知道昭君遠嫁北地的悲傷。

當然啦，我們前面也提過，昭君到底有沒有怨這不一定，但她成了後來文人不遇的寄託。所以美人雖然不一定有好命，但至少成爲大家心裡永恆的寄託也不錯。

04

遊俠＋寶劍＝成功的荊軻（?）

遊俠聽起來很酷，但其實差不多就是古代的8＋9，在沒有社會安全與警察制度的時候，遊俠代表的是私人武力。雖然有一些俠義的故事流傳下來，但也不少是雞鳴狗盜，或白刃起相讎的紀錄。所以當遊俠不一定是好事喔。比起來，活在現代社會，雖然不能隨便這樣拿刀拿槍，不過可以享受良好的治安與生命財產保障，不需要旅行還提心吊膽，或等著大俠來英雄救美、仗義相助這樣。

雖然像李白年輕時也混過，辛棄疾也曾「醉裡挑燈看劍」，陸游還想拿著刀槍衝去戍守邊關，但最有名8＋9、又幹過大事的，應該還是那個刺秦失敗的荊軻大仔。根據《史記》，荊軻年輕時「好讀書擊劍」，又「游於邯鄲，魯句踐與荊軻博，爭道，魯句踐怒而叱之，荊軻嘿而逃去」，在路上跟人家尬車，結果被人家罵跑了，完全就是卒仔行爲。

我們前面說陶淵明嫌荊軻的劍術太差，但其實失敗的原因跟他的劍術無關，跟他的準度有關，因爲《史記》在刺秦一段的細節，是這樣描寫的：

（荊軻）左手把秦王之袖，而右手持匕首揕之。未至身，秦王驚，自引而起，袖絕。拔劍，劍長，操其室。時惶急，劍堅，故不可立拔。荊軻逐秦王，秦王環柱而走……左右乃曰：「王負劍！」負劍，遂拔以擊荊軻，斷其左股。荊軻廢，乃引其匕首以擿秦王，不中，中桐柱。秦王復擊軻，軻被八創。（司馬遷《史記・刺客列傳》）

前面大家都很熟悉啦，就是圖窮匕現，荊軻抓著秦王袖子要捅下去，沒想到秦王反應快，將袖子割斷了。秦王一時之間拔不出劍，群臣建議他將劍倒持，將荊軻左腿砍斷。關鍵來了，荊軻被砍到，最後出了一招，拿匕首射秦王，沒想到沒射中，射到隔壁的銅柱。老天鵝啊，所以荊軻練了半天，沒練準度，敗在這個射龍門。所以說想當8+9，不要只是耍狠，準度也是很重要滴。

04

文人＋酒杯＝老陶與老蘇

雖然開頭介紹好幾種職業，但想來想去好像還是當每天酸酸的文人最安全。文人其實也經過歷代的演變。春秋戰國時期，由於三代以來的封建制度逐漸崩壞，於是出現了許多沒落貴族。這些被稱爲「士」的階級可說是文人的前身。前面也說過魏晉南北朝是門閥政治，有寒門、士族之風，於是有了一些窮巷落魄的文人，當然也有一些是喜歡山林隱逸的隱士。

唐代開始科舉制度，許多文人有了可以晉身的管道，但仍然有文人終身不第，一生都在追求功名卻不得志，或是卽便當過朝廷官員，卻又被貶到鄉下流放外地，這時候大家熟悉的「媽，我又被貶了」的文章就被寫出來了。我們國文課本裡許多的古文家所留下來的經典作品，大概都與貶謫有關。也只有在被貶的魯蛇時刻，文人會文思泉湧，寫出他們的牢騷心事。所以我們有了所謂「窮而後工」的說法，好像生活過得越顚簸越苦悶的文人，越可能留下不朽的作品。這麼一想，要當偉大的文人，貌似也是滿痛苦的喔。

我們課本裡最喜歡介紹的文人代表，應該是陶淵明跟蘇東坡，他們兩位其實也頗有淵源。陶淵明在北宋成為文化偶像，北宋這些動不動「媽，我又被貶了」的士大夫，都非常推崇老陶不為五斗米折腰、歸返田園的行徑。尤其蘇東坡寫過〈和陶詩〉，遙想這個對他來說七、八百年前的古人：

我不如陶生，世事纏綿之。云何得一適，亦有如生時。寸田無荊棘，佳處正在茲。從心與事往，所過無復疑。偶得酒中趣，空杯亦常持。（蘇東坡〈和陶詩〉）

翻譯就是我比不上老陶啊，我會被世間的瑣事給糾纏。人生在世要如何得到閒適呢？最重要的就是保持方寸心田的寧靜快樂，這正是佳處之所在，能夠體會到這個道理，就算被俗務凡塵所羈，也可以輕鬆快樂地度過。就好像我老蘇跟老陶都是豁達且體會到眞正飲酒樂趣的人，所以我們常常拿著空的酒杯，不用眞的多會喝、也能體會到飲酒之趣。

其實「空杯亦常持」是個很妙的結論。我們知道東坡也不是酒量多差的人，否則也不會「夜飲東坡醒復醉，歸來髣髴三更」，但空杯自持有說是東坡自謙酒量不如老陶，也有說是不用眞的喝，拿著空杯就醉了。我覺得古代文人飲酒，最主要還是要澆愁，但這種對生命、對人生之沉重，又是無以澆熄的，就像人家說的：「哥喝的不是酒，是寂寞。」其實就是一種裝備與文人的人設吧。

後記：破關畫面

在穿越時空的小說或漫畫最後，主角大多會回到現實，接著回顧自己這段英雄旅程，給現實什麼樣的改變或啟發。我們現在流行的沉浸式、元宇宙或VR虛擬實境的設備，也都是希望帶我們投入眞實的情境裡，想像另外一個世界觀。

很多不喜歡國文、或不愛讀古文的同學都會跟我說：讀古人的那些書，留下的那些文字沒有意義。因爲那些古人已經掛掉了，文章也已經過時了。所以我會想若讓這些同學穿越回到古代，Cosplay成那些大江東去淊盡的千古風流人物，他們是否會對古文有興趣？至少他們能嘗試思考，如果自己是這些歷史知名人物，帝王、貴族，狹路相逢間的遊俠，送去和親的美人，數度貶謫的文人，或不得不飛遁避世的隱士，要怎麼在這樣的紛擾亂局裡，打怪、練等、升級、尋覓神裝備，像進入《刀劍神域》裡被禁止登出的虛擬實境遊戲，非得到了破關破卡，才能逃出升天。

但其實更有趣的是，這些古人就跟我們一樣。他們也是像遊戲玩家般，被拋入了他們的時空，不得不苟延殘喘，掙扎求生。這是我讀這些古文、傳記，旁觀這些大時代、大動亂，戰爭與歷史的記載中，最感動也最嚮往的一部分。

這本書裡許多文章當初曾經發表在《國語日報》或《中學生報》的專欄裡，因爲許多國中小有讀報的課程，也有老師跟我反應，有些文章或古典原文難度比較高。但我倒是不擔心。語言只是媒介，但人類的心靈與想像力，其實從古代到今日都不曾改變過。所謂的文言文或白話文，只是換一種媒介，傳遞的其實是類似的想法。

遊戲結束了，但我們的現實還在繼續。這些已經登出的古人，留下他們闖關升等的滿滿經驗值，就像大祕寶一樣放進了偉大的航道裡。而這就是古文之於當代人的意義。若你能直接閱讀古文，看懂這些故事與寓意，那麼這些古文就能眞正成爲我們的人生成就。我覺得這也就是古文玩到最後，最饒富意義的地方。

打 Game 闖關玩古文

文　祁立峰
圖　楊白
校對　劉昕睿
美術設計　初雨有限公司（ivy_design）

叢書主編　周彥彤
叢書編輯　戴岑翰
副總編輯　陳逸華
總編輯　涂豐恩
總經理　陳芝宇
社長　羅國俊
發行人　林載爵

聯經出版事業股份有限公司
新北市汐止區大同路一段 369 號 1 樓
(02)86925588 轉 5312
2023 年 01 月初版 ‧ 2024 年 07 月初版第二刷

行政院新聞局出版事業登記證局版臺業字第 0130 號
本書如有缺頁，破損，倒裝請寄回台北聯經書房更換。
聯經網址：www.linkingbooks.com.tw
電子信箱：linking@udngroup.com
文聯彩色製版印刷公司印製
ISBN：978-957-08-6698-8
定價：320

國家圖書館出版品預行編目資料

打 Game 闖關玩古文 / 祁立峰著 . -- 初版 . -- 新北市：聯經出版事業股份有限公司 , 2023.01
216 面 ; 17x21 公分
ISBN 978-957-08-6698-8(平裝)
[2024 年 07 月初版第二刷]
1.CST: 古文 2.CST: 通俗作品

802.82 111021594